Os Cavaleiros da Praga Divina

MARCOS REY

Os Cavaleiros da Praga Divina

MARCOS REY

São Paulo
2015

global
editora

© Palma B. Donato, 2014
1ª Edição, Global Editora, São Paulo 2015

Jefferson L. Alves – diretor editorial
Gustavo Henrique Tuna – editor assistente
Flávio Samuel – gerente de produção
Flavia Baggio – coordenadora editorial
Érika Cordeiro Costa e Sandra Regina Fernandes – revisão
Eduardo Okuno – projeto grafico
Menno Schaefer/Shutterstock – foto de capa

Obra atualizada conforme o
NOVO ACORDO ORTOGRÁFICO DA LÍNGUA PORTUGUESA.

CIP-BRASIL. CATALOGAÇÃO NA FONTE
SINDICATO NACIONAL DOS EDITORES DE LIVROS, RJ

R351c

Rey, Marcos, 1925-1999
 Os cavaleiros da praga divina / Marcos Rey. – 1. ed. – São Paulo: Global, 2015.

ISBN 978-85-260-2200-3

1. Romance brasileiro. I. Título.

15-21386   CDD: 869.93
                        CDU: 821.134.3(81)-3

global
editora

Direitos Reservados

global editora e distribuidora ltda.
Rua Pirapitingui, 111 – Liberdade
CEP 01508-020 – São Paulo – SP
Tel.: (11) 3277-7999 – Fax: (11) 3277-8141
e-mail: global@globaleditora.com.br
www.globaleditora.com.br

Colabore com a produção científica e cultural.
Proibida a reprodução total ou parcial desta obra
sem a autorização do editor.

Nº de Catálogo: **3810**

... para o que acompanha com todos os vivos há esperança (pois melhor é o cão vivo do que o leão morto). Porque os vivos ao menos sabem que hão de morrer, mas os mortos não sabem coisa alguma, nem tão pouco têm eles jamais paga, e a sua memória ficou entregue ao esquecimento. Até o seu amor, até o seu ódio e até a sua inveja pereceu, e eles já não têm parte nenhuma neste século, em coisa alguma do que se faz debaixo do sol.

(Eclesiastes 9:4)

SUMÁRIO

Elenco em movimento 8

Livro Primeiro
Os filhos da lenda 17

Livro Segundo
Êxodo sem Jeová 56

Livro Terceiro
O fim da trilha 109

Biografia 169

ELENCO EM MOVIMENTO

Era uma noite de escuridão impiedosa. O cobertor de nuvens, duma negrura espessa, tombara pesadamente sobre os campos áridos e desertos – um cobertor que não aquecia, gelado e úmido como uma cobra viscosa. Não se podia ver através dele, e sob ele nada parecia existir.

A estrada, tortuosa e esburacada, só era uma realidade para os que já a conheciam. Mesmo esses apenas distinguiriam uma coloração levemente acinzentada, em abaulado relevo, correndo entre os campos de barba-de-bode e ervas daninhas. Pouca gente passava por ali. De dia, com a miséria posta a nu, aqueles campos tinham um aspecto melancólico. À noite, tornavam-se quase macabros. E numa noite escura assim, nenhum viajante da cidade duvidaria da veracidade dos assaltos que se diziam frequentes naquela região. Principalmente agora, que os leprosos andavam por ali, ninguém percorria a estrada.

A música dos grilos e das cigarras, das rãs e dos sapos, na sua cínica monotonia, era audível em toda a extensão dos campos, e parecia contribuir para que parecesse ainda maior a ausência sufocante da luz. Não havia estrela nem luar. Só a luz verde e inquieta dos vagalumes que cortavam o espaço em todos os sentidos. Os eucaliptos, enfileirados nas margens da estrada, não passavam de vultos informes e altos, cuja única identidade vegetal residia no cheiro opressivo que exalavam.

O pior de tudo, porém, era o frio, que a ventania constante intensificava. No entanto, algumas horas antes, havia sol forte e um calor insuportável. Àquela época do ano, quanto mais quente era o dia, mais fria a noite era.

Às vezes chovia, uma chuvinha insistente que durava a noite toda. Ao amanhecer, o sol surgia forte outra vez. E os insetos se erguiam dos charcos para o voo matinal. Milhões de insetos voando sobre a terra seca e morta.

Subitamente, um denso nevoeiro começou a descer do céu. Descia devagar, filtrando-se através dos poros da noite. O vulto imponente dos eucaliptos se foi tingindo de branco, e logo mais era absorvido pelo nevoeiro.

Alguns cães puseram-se a latir com estridência. Quase uma dúzia de sombras rasteiras e furiosas aglomeraram-se, armando uma barreira viva no leito da estrada. Sinal de que alguém se aproximava.

Realmente, não tardou que os vultos de cinco cavaleiros aparecessem vindo das bandas do sul, onde havia uma vila próxima. Cavalgavam com alguma pressa, mas quando viram os cães foram obrigados a parar.

Houve uma batalha curta, mas enérgica. Os cães saltavam contra as pernas dos cavaleiros e eram projetados à grande distância por violentos pontapés. Rolavam no chão, ganindo, e voltavam à luta, ainda mais agressivos. Alguns eram enormes.

Os cavaleiros defendiam-se com o mesmo furor dos atacantes, e com algum prazer na contenda. Não recuavam nem queriam avançar antes duma vitória completa.

Um dos cavaleiros berrou, num vozeirão rouco:

– Olhem um grudando na perna do Plutão!

O cão, que se saíra bem no ataque, voou pelos ares, atingido simultaneamente por dois pontapés, e tombou sobre um tufo áspero de barba-de-bode, uivando e contorcendo-se.

– Acertei o maldito! – bradou uma voz com acento juvenil.

– Chute esse, Romão!

O da voz rouca deu um certeiro pontapé na barriga doutro cão que avançara.

– Acho que arrebentei a espinha duns três ou quatro – bazofiou. – Avancem mais, demônios! Veja se acerta aquele grandão, Lucas.

– Ele está longe. Venham, desgraçados!

– Ah! Ah! Ah! – gargalhou Romão. – Estão com medo. Não querem mais brincadeira conosco. Vamos pra frente, Lucas.

A alcateia acovardou-se, mas não parou de latir, e perseguiu os cavaleiros por um longo trecho do caminho. Os cães que haviam sido feridos na luta uivavam e rastejavam sobre a terra. E o homem que fora mordido também gania, feito um cão.

Mais além, já distantes dos cães, os cavaleiros desmontaram para socorrer Plutão.

– O diabo do cachorro arrancou um pedaço do couro dele – constatou o cavaleiro mais velho. – Veja como sangra.

Romão ficou possesso:

— Este desgraçado de louco só serve pra atrapalhar a gente. Você devia ter deixado ele no acampamento, Lucas. Por que não deixou?

O velho sacudiu os ombros, sempre a olhar para a perna do Plutão.

— A ferida está sangrando bastante. Precisamos dar um jeito nela.

Romão calou-se, ainda nervoso, e ele próprio tratou de dar o jeito: arrancou uma tira de pano das calças do demente, que parara de ganir, e amarrou-a sobre a ferida. O sangue logo umedeceu o pano, mas não escorreu pela perna abaixo.

Outro cavaleiro, um sujeito baixo e gorducho, preparou-se para montar novamente. Vestia um grosso sobretudo, mas estava tremendo de frio.

— Vamos embora depressa. Temos que chegar logo no acampamento.

Romão largou seu corpo enorme e pesado numa pedra, e fungou. Sentia-se bem ali, longe do acampamento e daqueles malditos cães. Puxou uma garrafinha no bolso traseiro das calças.

— Não é preciso tanta pressa, "seu" Mendes. Vamos tomar um trago, já que estamos aqui parados. Tome o senhor também.

"Seu" Mendes sacudiu decididamente a cabeça:

— O frei proibiu a cachaça.

Romão encarou-o um instante em silêncio e depois explodiu:

— Já mandei aquele diabo de frei pros quintos dos infernos. Pode ser que ele cure, sim, mas isso de proibir a gente de beber não me agrada nada. O que diz, Lucas?

O velho riu.

— O frei disse que o que importa é a fé. Então vamos beber cachaça com a fé que o frei recomenda. Acho que dá o mesmo resultado.

— O chá vai curar a gente – disse "seu" Mendes, como se falasse sozinho. Sabia que era inútil discutir com Romão.

Romão tomou um largo trago de cachaça no próprio gargalo da garrafa, e passou-a para o velho Lucas, que a esperava, impaciente. Depois sacudiu a cabeça, desolado, e disse no seu vozeirão rouco:

— Nós temos de ir pra Minas, vocês bem sabem disso. Amanhã sem falta vou me entender com o frei – prometeu. – Ninguém vive sem carne. – Desarrolhou a garrafa para novo gole. – E sem cachaça também. Ninguém vive. Vou me entender com o frei.

– O que vai dizer ao frei? Quis saber "seu" Mendes, aflito.
– Vou mandar ele embora.
– Mandar ele embora?
– Amanhã o senhor verá.
– O frei é um santo homem – disse "seu" Mendes, vazio de argumentos.
– Disso não discordo – respondeu Romão. – Mas ele está atrapalhando. O que você acha, Lucas?

O velho olhava para "seu" Mendes, observando a amargura do companheiro. Se Romão mandasse mesmo o frei embora, "seu" Mendes estaria vencido.

– O frei acaba indo embora sem que ninguém mande – garantiu.

Um rapazinho magro e desengonçado deu dois passos rápidos para a frente, arrancou num bote a garrafa de cachaça das mãos de Romão e virou-a sofregamente na boca.

Romão arrebatou-lhe a garrafa abruptamente e derrubou o rapaz com um empurrão.

– Quase que você liquida ela, Miguel.

O rapaz não se levantou, aos pés de Romão. Continuou no chão, olhando para o alto e a passar a língua sobre os lábios umedecidos de cachaça.

– Vai ser bom em Minas – disse, sonhadoramente. – A gente poderá viver à vontade lá. Tão à vontade como se vivia aqui antes.

Romão bebeu o que restava da garrafa e atirou-a para os campos escuros. Depois, fez uma cara vagamente alegre, e contou aos companheiros, como se se tratasse de uma confidência:

– Eu tinha uma fêmea em Minas. Era morena, magra e cantava músicas tristes.

Isso não era novidade para ninguém. Romão falava dela a todo momento.

Plutão largou-se na terra, ao lado de Miguel, e tirando um bilboquê da cintura, se pôs a jogá-lo com assombrosa maestria. Apesar da escuridão, não errava um só lance.

Romão e Miguel olhavam-no intrigados com a precisão dos lances.

Depois dum enorme esforço, "seu" Mendes guindou-se com suas fartas banhas ao lombo de um dos cavalos. Respirou profundamente e ficou à espera de que os companheiros resolvessem montar.

Os outros se levantaram, para montar também, mas Romão não se mexia dali, sempre a falar de frei e da mulher que o esperava em Minas.

— Não vou perder uma mulher daquelas por causa dum frei — asseverou.

O velho acendeu um cigarro de palha, pensativamente.

— Os gateiros[1] querem o frei no acampamento.

Romão fechou a carranca e deu uma forte cuspida para o lado.

— Não importa. Ele tem que ir embora. A gente não pode ficar esperando que ele cure o pessoal.

— Faça o que entender — disse Lucas, alheando-se do assunto.

Ficaram em silêncio, a ouvir o canto dos grilos e o poc-poc contínuo do bilboquê de Plutão. Este só com o bilboquê se preocupava e não entendia os problemas dos companheiros.

Foi Miguel o primeiro quem falou, erguendo-se, alarmado, do chão.

— Parece que ouvi o motor dum carro!

Os companheiros não lhe deram a menor atenção. Havia momentos para eles em que tudo perdia a importância. Miguel, porém, mantinha-se alerta, pressentindo o perigo. Nunca descansava, realmente. Uma parte de si sempre estava acordada, em expectativa. Até o seu sono era intranquilo e cheio de temores. Queria estar constantemente em movimento, numa fuga sem etapas.

— Acho que vem um carro nesta direção — declarou, novamente, procurando enxergar através da neblina, que agora parecia menos densa.

Romão riu, com ironia. Quando se ria, sua cara se tornava ainda mais grotesca e inumana. Era quando mais se parecia consigo mesmo.

— Você é um diabo de medroso. Nem parece meu filho! — exclamou. — Vive ouvindo e vendo coisas. Sente-se aí, não quero ir já para o acampamento.

O rapaz não se sentou. Queria sentar-se ali, tão tranquilamente como Lucas e Romão, tão tranquilamente como Plutão, mas não podia. Todo ele sentia o perigo iminente. Apertou os lábios, para calar-se, mas não conseguiu.

---

1. Assim se apelidavam os mendigos leprosos do sul do Brasil.

— Acho que fomos vistos na vila – disse. – Não devíamos ter entrado naquele bar. Foi um mal.

— A gente precisava entrar no bar – retrucou Romão. – Estávamos sem cachaça. E com um frio destes quem aguenta ficar sem beber?

— Mas o senhor devia ter pago a bebida – censurou Miguel.

— Quis pagar, mas o português ficou com receio de pegar no dinheiro. Aí peguei o dinheiro outra vez, as garrafas e caí fora.

— Mas não era preciso ter dado um soco no português.

— Não gostei da cara dele – disse Romão.

Miguel lembrava-se da vilazinha. O português do bar recusando o dinheiro; Romão rindo-se com seu ar gaiato; o soco violento e inesperado; a corrida a cavalo pelas ruas estreitas e pobres da vila. Certamente que os inspetores ou mesmo a polícia sairiam atrás deles.

— Vamos embora.

O velho olhou-o, sentindo os seus receios, e voltou-se para Romão.

— Afinal, o que se faz aqui sem cachaça? Vamos para o acampamento.

Um instante depois, estavam todos sobre os cavalos, já em movimento. Mesmo em cima do animal, Plutão jogava o bilboquê com a perícia costumeira. Romão falava ainda da mineira e do frei. Repetia aos companheiros as palavras que ia dizer-lhe. Ensaiava uma forma distinta de se expressar porque reconhecia que o frei era bom homem. Um santo homem.

— "Seu" frei, – ele dizia – todo mundo aqui gosta do senhor, porque o senhor vai curar a gente. O chá tem um gosto danado de ruim, mas a gente tem tomado ele assim mesmo. Eu por mim ficava aqui o resto da vida, mas precisamos ir pra diante. Ir pra Minas. O governo não nos quer aqui. Por isso, o que o senhor tem a fazer é juntar os seus troços e sumir antes que o pessoal do governo apareça. Está bem falado, Lucas?

— Está, sim, mas acho que você devia chamar ele de Vossa Excelência. Fica mais bonito e aposto que ele vai gostar.

Romão aprovou a emenda e repetiu o discurso substituindo o tratamento. Terminou-o em voz bem alta:

— Por isso, o que Vossa Excelência tem a fazer é juntar os seus troços e sumir antes que o pessoal do governo apareça. – E começou a acrescentar mais frases e argumentos no discurso, com novas emendas de Lucas, que era homem muito entendido.

Miguel cavalgava à frente, olhando para todos os lados. Não ouvia o que os outros diziam. Estava certo de que alguma coisa fatalmente aconteceria aquela noite.

– Vem um carro aí! – berrou.

Um jato de luz viva e quente apanhou os cavaleiros pelas costas e eles viram surgir diante dos olhos a crosta áspera da estrada. Estacaram e olharam ao mesmo tempo para trás. Um carro enorme se aproximava.

– Pode ser um carro particular. Vamos dar passagem – sugeriu "seu" Mendes.

Miguel protestou vivamente.

– Vamos fugir enquanto é tempo. O português do bar nos denunciou.

E aprontou-se para fazer o cavalo disparar pelos campos. Estava excitado e sentia o coração mergulhado num mar de sangue revolto.

Romão bateu com a mão espalmada na cintura e dela retirou um colossal trabuco.

– Vão ficar aqui mesmo. Deixem tudo por minha conta.

– Eu não fico, vou fugir! – berrou Miguel.

– Fuja, então, diabo!

O carro avizinhava-se com os faróis acesos, lentamente, como um gigantesco besouro que roncasse antes de levantar o voo. Já se sentiam as exalações opressivas e mornas do combustível e os segundos se tornavam maiores.

– Deixe ele passar – insistiu "seu" Mendes.

– Vamos ver primeiro quem está dentro.

– Se for eles, atiro – garantiu Romão, já com o dedo no gatilho.

Miguel não suportou mais: fez o cavalo precipitar-se pelos campos. Seu peito arfava, suas mãos tremiam e as pernas doíam arranhadas pelos tufos crespos da barba-de-bode. Não via nada à sua frente, apenas o abismo da noite, mas continuava a correr. De repente, sentiu-se projetado no espaço. O cavalo tropeçara. As mãos e os joelhos achataram-se de encontro à terra. Saltou novamente no lombo do cavalo, prosseguindo a doida carreira. Não podia olhar para trás nem para os lados, mas uma porção de coisas devia estar acontecendo. Ouvia grunhidos e uivos: era Plutão. Lamentos e nomes de santos: era "seu" Mendes. Pragas e palavrões: era Romão. Depois, ouviu um baque surdo, seguido dum grito que não chegou a atingir o auge, e o silêncio voltou.

Alguém o chamava pelo nome. Olhou para trás e viu o velho Lucas que fazia o cavalo descrever círculos sobre os campos, procurando algo.

– Plutão caiu do cavalo – disse o velho.

"Seu" Mendes veio juntar-se a eles para ajudá-los na procura. Encontraram Plutão tombado sobre uma moita, com o bilboquê nas mãos. Foi erguido contra a vontade.

– Onde está meu pai?

Lucas apontou a estrada. O carro ainda estava parado lá, com os faróis acesos sobre o corpo enorme de Romão e do seu cavalo, ambos caídos e imóveis.

O velho explicou tudo:

– Olhei para trás e vi como a coisa se deu: o Capenga se assustou com o carro e correu pela estrada. Romão queria disparar o trabuco, mas o gatilho não funcionava. Nunca funcionou. De tanto olhar para os faróis, acho que ficou cego e não pôde mais dominar o cavalo. Aí então houve o baque.

Depois que o carro partiu, levando Romão, os quatro voltaram lentamente para o lugar do desastre. Estavam calados e tristes. Pararam diante do Capenga; banhado em sangue, o animal movimentava suas pernas grossas e compridas.

Lucas abaixou-se para examiná-lo. O exame foi breve.

Ele está perdido, mas vai sofrer muito ainda.

Sentou-se ao lado do cavalo. Miguel e "seu" Mendes fizeram o mesmo. O único que se conservou de pé foi Plutão, que apalpava sensualmente a bola do bilboquê, feliz e longe da tragédia.

– Pobre animal – disse "seu" Mendes. – Deviam ter matado ele.

– Gente do governo é assim. Faz tudo pensando na economia – explicou Lucas. – Por isso que o país progride.

Miguel viu algo brilhar no capim. Levantou-se, deu alguns passos e voltou com o trabuco de Romão.

– Pena que o gatilho está enferrujado.

Lucas tirou-lhe a arma da mão.

Vamos lubrificar ele com óleo de chalmugra. Trago sempre um vidrinho comigo porque o cheiro espanta essas pestes de mosquitos.

O velho destapou um pequeno frasco e cuidadosamente derramou uma parte do líquido através do mecanismo da arma. Aprontou-se, em seguida, para uma experiência.

"Seu" Mendes cobriu os ouvidos com as mãos e olhou para o outro lado.

Lucas apontou o cano do trabuco para a cabeça do cavalo e forçou o gatilho, a princípio com uma só mão e depois com as duas. Um estampido chicoteou a quietude da noite e os quatro viram um filete negro surgir e escorrer pelo crânio do cavalo, Capenga estremeceu com o choque, esticou as pernas como se quisesse destacá-las do tronco e enrijeceu.

O rapaz acariciava o lombo do seu animal, um belo cavalo preto.

– Ainda bem que não foi o Pretinho que tivemos de matar – disse. – O Capenga não valia nada, e era muito velho. Mas o Pretinho é um cavalo que vale ouro.

Ficaram os quatro um longo tempo, sem dizer nada. "Seu" Mendes olhava o cadáver do Capenga, espantado. Nunca vira matar um animal assim. Lucas acendia um cigarro e fumava, absolutamente tranquilo. Miguel fumava também. Já passara a excitação nervosa. Estava apenas desolado.

– Meu pai não devia ter dado o soco na cara daquele português – lamentou Miguel. – Foi isso que estragou tudo. O português abriu a boca no mundo. E apareceram os inspetores. Eles estão em toda parte. Em qualquer vilarejo tem posto sanitário.

– Isso ia acontecer mesmo – disse Lucas.

– Estava escrito – acrescentou "seu" Mendes, que acreditava no destino.

– O fato é que somos só quatro agora – lembrou Lucas pesaroso.

"Seu" Mendes montou no cavalo; depois de algum tempo, Lucas e Plutão o imitaram. Miguel foi o último a montar.

– Será que meu pai morreu? – perguntou a Lucas.

– Acho que não. Foi o cavalo que aguentou o tronco brabo.

Miguel lançou um longo olhar para o ponto onde o carro oficial sumira.

— Pode ser que esteja com uma perna quebrada ou com as duas pernas quebradas. E não poderá andar mais. Pode ser também que ele vai ficar gira, assim como o Plutão. Conheci um sujeito que levou um tombo e ficou atrapalhado da cabeça. Ninguém entendia o que ele falava. Quando passava perto dos outros, lhe davam cascudos na cabeça e escarravam nele. — Riu-se ante essa lembrança. — Eu próprio escarrei nele uma vez — disse.

Miguel silenciou e olhou os companheiros um pouco envergonhado da confissão dos seus receios. Saltou agilmente no lombo do Pretinho.

Os três olharam pela última vez o rastro poroso que as rodas do carro deixaram na terra úmida e partiram, desaparecendo dentro da noite absoluta.

LIVRO PRIMEIRO
OS FILHOS DA LENDA

O velho Lucas aparecera na estrada há muitos e muitos anos. Dez anos, talvez. Ou ainda mais. O certo é que ele próprio não sabia dizer. Tinha a estatura um pouco maior do que a mediana, o corpo descarnado e as faces afiladas. A pele escura, tostada pelo sol, formava um atraente contraste com suas barbas esbranquiçadas, que lhe caíam pelo queixo abaixo. Pareceria um anacoreta, se não fosse o brilho sardônico do olhar. Vivia metido na sua barraca. Não tinha amigos permanentes e evitava os outros gateiros. Falava pouco, e só se fazia comunicativo quando bebia demais. Nessas ocasiões, ia à procura dos companheiros, divertia-se com eles e fazia até discursos. Passado o porre, voltava à solidão da sua barraca e não reconhecia mais ninguém.

Assim viveu, sozinho, durante muitos anos, até que uma noite, ao vagar pela estrada, encontrou um desconhecido largado no solo. Devia ter sido vítima dum atropelamento porque estava com os membros feridos e tinha um calombo na cabeça. Não foi preciso examiná-lo muito para que Lucas visse que se tratava dum gateiro.

— Acorde, homem — disse Lucas, sacudindo-o.

O homem acordou imediatamente e, tateando o chão, empunhou um bilboquê que estava a seu lado, e começou a jogar, satisfeito da vida. De quando em quando, ladrava como um perfeito cachorro.

— Vou deixar esse tipo aqui onde o encontrei — decidiu Lucas. — Não quero amolações. Um louco é coisa que dá trabalho.

Afastou-se depressa, quase correndo. Ao chegar à primeira encruzilhada, sentiu a curiosidade de olhar para trás. Parou e olhou. O demente continuava no mesmo lugar. Ouvia distintamente o poc-poc do bilboquê. Um louco que joga bilboquê não se vê todos os dias. Lucas resolveu voltar.

— Vou levar você comigo, — disse — mas amanhã terá que se arrumar sozinho. Não tenho tempo pra cuidar dos outros. Vamos embora.

Levou o doido para a sua barraca e atirou-o sobre a esteira. Em seguida, deitou-se ao lado dele e dormiu, profundamente.

Na manhã seguinte, Lucas foi despertado pelo poc-poc do bilboquê. Abriu os olhos sonolentos e viu o louco a um canto da barraca. Ficou a olhá-lo, examinando-o como quem olha um bicho raro. Como ele era magro e feio! Qualquer pessoa, que não lhe tivesse medo, se apiedaria do infeliz. Lucas, porém, sempre resistia ao sentimentalismo.

— Vá embora, homem! — ordenou. — Esta barraca é pequena para dois.

O doido não o entendeu. Apenas riu, mostrando os dentes enegrecidos, e continuou a jogar, com a perícia costumeira.

— Está certo, — considerou Lucas — você não pode andar por aí sem um cavalo. Esta noite temos que encontrar um. Depois, você que se arranje. Saia pela estrada e cave a vida como todos fazem.

Ao anoitecer ambos montaram o Balão, um velho e barrigudo matungo, e seguiram para um estábulo que havia a alguns quilômetros dali. Fora naquele estábulo que, há muitos anos, Lucas conseguira o Balão.

— Aquela vez foi fácil, — disse Lucas consigo mesmo — mas não me custa levar o porrete.

Diante do estábulo, os dois desmontaram, cautelosamente, e penetraram na propriedade, passando por baixo da cerca. Foram avançando, Lucas à frente, o companheiro atrás. A meio caminho da cocheira, estacaram. O volto do guarda do estábulo movia-se dum lado a outro. Na certa, ouvira algum ruído estranho.

– Tem alguém aí? – bradou na direção dos dois, erguendo uma espingarda.

A escuridão da noite não permitia ver nada. Virou as costas. Lucas, de porrete em punho, pé ante pé, foi ao seu encontro. Agir antes que o outro agisse.

O guarda voltou-se, ligeiro.

– Ah, mais um ladrão de cavalos!

O demente, abaixado, foi se movendo pelo terreno. Distanciou-se dali, beirando a cerca do estábulo. Lucas estava em apuros, mas ele não sabia. Mais adiante, sentou-se no chão. Viu o disco da lua brilhando por entre as nuvens baixas. Pregou-lhe os olhos, fascinado. E de repente, um uivo prolongado e lúgubre saiu da sua boca.

O guarda saltou para trás.

– Tem um lobo aqui dentro! Foi você que trouxe ele, ladrão?

Lucas foi explicando depressa:

– É um cão danado pra invadir propriedade alheia. Passou por baixo do cercado e sumiu em seguida. Eu fiz o mesmo. Não podia perder ele assim. É um cão de raça!

O guarda, com a espingarda nas mãos, procurava localizar o animal, que ainda uivava. Tremia de susto e murmurava pragas. Deu alguns passos para a frente.

– Não vá atirar nele – implorou o velho, profundamente arrependido daquela aventura. – Seria até pecado matar um cão desses. Vale um dinheirão. Mas não vendo ele. Não sou trouxa.

O guarda olhou-o, incrédulo.

– É mesmo um cão de raça?

– Isso posso garantir e provar. Pouca gente entende de cães e cavalos como eu. Sou autoridade no assunto.

O guarda aguçou os ouvidos, curvando-se do lado direito.

– Escute só como o bicho uiva. Isso dá mau agouro. Todas as vezes que ouço uivos, fico com a impressão que alguma desgraça vai me acontecer. Vamos pôr ele pra fora daqui.

Ao sentir que os dois se aproximavam, o louco moveu-se outra vez, e foi esconder-se atrás duma casinhola, ao lado da cocheira. E ali ficou abaixado, em silêncio.

— Como ele se chama? – perguntou o guarda.

— Fala do cachorro? Chama Plutão – gaguejou Lucas. — Plutão – repetiu. — Bonito nome, não é?

O guarda teve uma ideia feliz.

— Espera um pouco aí. Vou buscar minha cadela. Ela está muito velha e anda muito jururu, mas acho que ainda podia dar cria. Tudo vai da gente ter um pouco de sorte.

Lucas deteve o guarda pelo braço. Estaria perdido caso o guarda voltasse com a cadela. Era preciso impedir.

— Se a sua cadela for mesmo muito velha, Plutão vai rejeitar ela. Nunca vi um cachorro luxento como esse. Ele não aceita qualquer vira-lata.

O homem ofendeu-se.

— Minha cadela é tão boa como qualquer outra. Pode ser velha, mas é de raça também. Raça da melhor. Quando era nova, nenhum ladrão entrava aqui dentro. – Depois duma pequena pausa, em que se acalmou um pouco, o guarda perguntou: — Está combinado, então?

Lucas resistia.

— Plutão não vai gostar dela. Cadela velha não é com ele. Vamos desfazer o negócio.

O guarda fitou Lucas cheio de tristeza. Perdera a agressividade e implorava compreensão. Sua voz saiu morta e compassada.

— Sempre quis ter um cão de guarda – disse. — Um cão valente de verdade. Quando tiver um, poderei ir farrear na vila, enquanto o cão monta guarda. O senhor não calcula como é aborrecido passar a noite aqui. Não se tem uma alma com quem conversar. E tenho ordem de atirar em todos que se chegam.

— Está certo – disse Lucas, quase comovido. — Vá buscar então a cadela. Fico aqui esperando.

O guarda, satisfeito, deu um afetuoso tapa nas costas de Lucas e seguiu para a casinhola. Um velho sonho se concretizava, enfim. Subitamente, parou. E começou a tremer. Ao lado da casinhola via um vulto estranho. Um vulto que uivava, misto de cão e de homem.

– Meu Deus! – exclamou, fazendo o sinal da cruz. – Um lobisomem!

Recuou alguns passos, aterrorizado, sem ânimo e coragem de fazer uso da espingarda. Foi recuando, a andar de costas.

A porretada prostrou o guarda no chão. Lucas correu para o estábulo, abriu uma portinhola e puxou para fora o primeiro cavalo que viu diante dos olhos. Plutão estava a seu lado, com o bilboquê na mão.

– Bela porretada! – disse Lucas, exultante. – Agora vamos azular daqui. Monte Plutão.

O louco montou, auxiliado por Lucas, e os dois escaparam, deixando no chão o guarda desacordado.

Já na tenda, Lucas disse severamente para Plutão:

– Agora você tem o cavalo. Vai embora e não apareça mais. Entendeu desta vez?

Plutão não entendeu uma palavra, como sempre, nem se mostrou assustado com a severidade do velho.

– Suma daqui! – berrou Lucas, avançando sobre o doido. Como poderia viver na companhia dum sujeito daquele? Apontou-lhe, resoluto, a abertura da tenda. – Monte no cavalo e desapareça.

Plutão não entendeu as palavras, mas entendeu o gesto. Ficou olhando a abertura da tenda, demoradamente. Depois, deu alguns passos para sair. À saída, parou e fitou o velho. Parecia querer falar-lhe alguma coisa, mas não sabia falar. Voltou-lhe as costas.

– Espere – disse Lucas. – Não vá ainda. Sente aqui e vamos beber um pouco. Precisamos festejar o roubo. O cavalo não vale nada, mas a porretada foi de mestre. Sente aí, homem.

O louco correu a sentar-se ao lado de Lucas. Pegou uma caneca de alumínio, cheia de cachaça, que ele lhe dava, e virou-a na boca. A bebida escorreu-lhe pelo queixo. Enxugou-o com a manga da camisa e retomou afobadamente o bilboquê.

***

Romão estava triste aquela noite, cheio de velhas recordações. Para alegrar-se, bebia. Mas não via resultado. Quando se sentia assim, somente encontrava um remédio: o violino. Empunhou-o, esperançoso.

Era um violino coberto de manchas e de cicatrizes. A caixa estava rachada nos bordos e remendada com uma tira de esparadrapo. E tinha uma corda só.

— Hoje tenho que dormir no campo — resmungou Miguel, que conhecia muito bem os hábitos do pai. — Você não vai me deixar dormir aqui com esse desgraçado de violino.

— Não abra o bico. Estou chateado.

— Por que você não dorme em vez de tocar?

— Não tenho sono. Durma você.

— Com esse barulho não posso dormir.

— Então desapareça. Quero tocar hoje. Estou aborrecido, e quando estou aborrecido só tocando mesmo.

Romão começou a tocar, esquecido do mundo, sem dar importância às caretas que Miguel fazia.

A cara de Lucas subitamente apareceu na abertura da barraca.

O violonista enfezou-se:

— O que você quer aqui, velhote?

Lucas riu-se.

— Pensei que alguém estava gemendo e vim ver.

O dono da barraca bradou, ofendido:

— Pegue a estrada, velhote. Hoje não estou pra conversa.

— Está certo — concordou Lucas. — Mas eu queria ficar porque nunca vi ninguém tocar violino com uma corda só. Com todas elas qualquer burro pode tocar, mas com uma, só mesmo um turuna. Vamos, continue.

Nesse instante, num arremesso inesperado, Plutão precipitou-se como um bólido pela frente da barraca. A barraca estremeceu e quase tombou. Foi a conta para Romão perder a cabeça.

— Vou lhe esmagar as fuças, imbecil. Pisou no violino!

— Sossega, homem. Plutão não faz mal pra ninguém.

— Não gosto da cara dele.

— Ninguém gosta da cara do Plutão.

— O que ele faz aqui?

— Veio pra ouvir música também.

O violinista acalmou-se, enfim. Mas não tirava os olhos do Plutão. Se ele fizesse qualquer movimento suspeito, estaria mal. O louco, porém, conservava-se encolhido e imobilizado num canto. Uma baba pegajosa lhe escorria da boca.

– Toque alguma coisa e dê um gole de cachaça pra gente – pediu Lucas.

Romão fez o arco correr pela corda e largou o violino em seguida.

– Vamos beber primeiro – disse.

– Onde arranjou o violino? – quis saber Lucas.

– É uma história muito comprida, velho.

– Conte ela enquanto a gente bebe. Gosto de histórias.

Romão encheu quatro canecas de cachaça.

– Também gosto de histórias. Sou como uma criança.

– Então conte a sua.

Romão esvaziou sua caneca e começou:

– Ana era ainda uma menina. Mas não foi difícil pra mim conquistar ela. Sempre tive muita sorte com as mulheres. Quanto mais fracas são, mais gostam dos homens fortes como eu. Parecia feita de vidro. Loira, magra e pequena. Mas gostava das carícias brutais. Logo que me conheceu, ficou tão enrabichada que me declarou amor. Mas Ana não era só no mundo. Tinha marido.

"– Está muito bem – disse pra ela. – Vou levar você comigo, mas antes precisamos avisar seu marido."

"– Não, não – ela protestou – o melhor é não contar nada pra ele. Crispim tem um gênio mau, poderá me matar."

"– Neste caso, eu conto."

"– Crispim matará você."

"– Não tenho medo daquele cara."

Fui pra barraca de Crispim. Encontrei ele fumando, despreocupado da vida. Era baixo, mas taludo. E estava muito bem de saúde.

"– Vou dar uma notícia séria" – fui dizendo.

"– O que é que há, Romão?"

"– Ana vai embora comigo."

"– Minha mulher?"

"– Você vai querer encrenca?"

Crispim chegou perto de mim. Suava.

"– Se você levar ela, eu lhe arrebento" – ameaçou.

Sem dizer uma palavra, soquei a cara dele com o punho cerrado. O idiota tombou no chão, mas se levantou logo, querendo briga. Era o que eu também queria. Soquei ele de novo, com mais força ainda. Crispim caiu outra vez, pondo sangue pela boca e pelo nariz. Mesmo assim, conseguiu se levantar. Cambaleava como se tivesse bebido um litro de cachaça. Para não cair, apoiou as mãos nos meus ombros, e disse, com a boca roçando o meu nariz:

"– Pode levar ela, Romão. Mas me deixe dormir com Ana mais uma noite ao menos."

Pensei um pouco, com pena dele. Afinal, não era mau sujeito.

"– Está bem, eu deixo."

Fui procurar Ana e contei o que acontecera. Ela não quis dormir com o marido aquela última noite. Tinha medo que ele a matasse. Coitadinha!

"– Se você não for, tudo entre nós está acabado – disse. – Prometi que você ia e agora tem que ir, mesmo não querendo."

Não dormi um só minuto aquela noite. Fiquei a espiar de longe a barraca de Crispim. Se ele quisesse me tapear, eu o pegava de jeito. Na manhã seguinte, Crispim me entregou a mulher. Ela estava em perfeito estado. Um pouco abatida, é verdade, mas não era nada de grave.

Ana, eu e Miguel fomos embora. Durante dois anos vivi como só eu sei. Ela era a melhor mulher do mundo. Um dia me quiseram trocar ela por dois cavalos. Recusei a troca. Diante dessa prova de amor, Ana ficou ainda mais apaixonada. Loira, magrinha e pequena. Uma mulher e tanto, meu velho.

– Que fim ela teve? – Lucas indagou.

– Dois anos depois, – prosseguiu Romão – eu voltei ao acampamento donde tirara Ana. Conversava com alguns amigos, quando me bateram nas costas. Era o Crispim.

Conversamos sobre uma porção de coisas, e por fim me convidou a jogar. Crispim era um grande jogador.

"– O que você tem pra perder?" – Perguntei.

"– Um cavalo, um revólver e cinquenta mil réis."

"– Então podemos começar."

Eu não estava com sorte aquele dia. Antes nunca tivesse voltado para o acampamento. Em menos de meia hora, perdi todo dinheiro que trazia comigo. Mas continuei a jogar. Arrisquei minha esteira. Perdi. Arrisquei meu cavalo. Perdi. Quando já tinha perdido tudo, fiz uma proposta idiota:

"– Arrisco minha vida contra seus dois cavalos."

Ele achou graça. Todos que estavam perto também riram. Mas eu queria recuperar o perdido.

"– Arrisco minhas roupas todas. Se perder, volto nu para a barraca."

"– O pessoal vai caçoar de você, Romão. Vamos parar por aqui. Você já perdeu bastante."

"– Quero jogar, diabo!"

"– Quer? Então jogue Ana."

"– Nessa não caio."

"– Não seja medroso, Romão. Arrisco os dois cavalos. São bons animais. Fortes, inteligentes e fiéis. Três qualidades que uma mulher não possui."

"– Está certo – concordei aloucado. – Jogo Ana."

Peguei a caneca e fiquei sacudindo ela com o dado até me doer o pulso. Depois, esmaguei a caneca em cima da esteira, e fui levantando ela devagar.

Crispim bateu-me nas costas.

"– Você não teve sorte, Romão."

Os outros se afastaram, rindo-se.

"– Ana é sua, – disse eu – mas me deixe dormir com ela mais uma noite."

Crispim consentiu.

Fui contar a Ana a desgraça que acontecera. Ela teve um acesso de nervos. Me chamou de imbecil e me deu um tapa na cara. Arranhou-me o pescoço.

Ao amanhecer, levei Ana pro marido. Ana estava em perfeito estado. Ficara ainda mais bonita naqueles dois anos. Quando eu já ia embora, Crispim me chamou e deu o violino de presente.

"– Tome isso, Romão. Quando tinha saudades de Ana, costumava tocar. Agora já não preciso mais disso."

Aceitei o violino. Ficou um tempão num canto da barraca. Mas numa noite descobri que sabia tocar ele. E desde então venho tocando. O diabo é que só resta esta corda. As outras arrebentaram.

— Por que você não compra as cordas que faltam? — perguntou Lucas.

— Tenho pensado muito nisso — confessou Romão. — Mas acho que eu ia estranhar as cordas novas. E depois não tem graça a gente tocar com todas elas.

Lucas concordou e pediu a Romão que passasse mais uma rodada de cachaça. As quatro canecas foram enchidas até às bordas. Plutão também bebeu. Quando bebia parecia menos louco.

As horas corriam.

Romão bebia amarguradamente e maldizia o destino. Contava casos. Um em seguida a outro. Em todos eles apareciam mulheres, brigas e bebedeiras. Esgotado o repertório, voltou a contar a história do violino. Mas Lucas o interrompeu:

— Há quanto tempo você vive na estrada?

— Não sei quanto tempo faz — declarou. — Perdi a conta.

— Vocês são daqui?

— Viemos do norte de Minas.

— Por que vocês vieram?

— Por quê? Não sei. Deu na cabeça da gente vir e a gente veio. Mas foi uma pena porque eu tinha uma boa fêmea em Minas. Era morena, magra e cantava músicas tristes.

— Você não vai voltar?

— Vou, sim. Vivo fazendo planos pra voltar pra Minas. Mas nunca que vou. Algum dia, enfezo e vou mesmo. Pego as minhas coisas e sumo daqui. — Depois duma pausa, perguntou: — Quer ir comigo, Lucas?

— Não vou — respondeu o velho, sacudindo a cabeça. — Gosto daqui. Ficarei por aqui até o fim.

— Pois eu sonhei que todos os gateiros estavam indo pra Minas — disse Miguel. — Iam em fila, montados nos cavalos.

— Bonito sonho! — exclamou Romão. — Minas é uma boa terra. É capaz que custe ainda, mas eu volto pra lá. Ouça bem.

Lucas não tinha desejos nem sonhos. A vida para ele estava encerrada.

— Você não deve voltar pra Minas – disse.
— Por quê?
— Isso não resolve nada. Em três dias você enjoa de tal mulher e manda ela embora pra bem longe.
— Isso não acontece – garantiu Romão. – Aquela peça vale ouro. E além de tudo, só em Minas é que posso viver bem.
— A gente pode viver bem em qualquer lugar – retrucou Lucas. – Basta não ter ganância. O mal é querer ter sempre mais do que se tem. Esse é o mal. Se a gente tem um cavalo, quer ter uma sela. Logo quer ter dois cavalos com duas selas. Quer a mulher do vizinho e uma porção de coisas. A gente precisa parar de querer. Compreendeu?

Romão negou-se a concordar.
— Logo que puder, volto pra Minas. Já decidi há muito tempo.

A cada trago Romão entristecia-se mais, e recontava os seus casos, ao som do violino. Miguel dormitava. Lucas improvisava longos sermões. Falava inutilmente porque os outros não o entendiam. Plutão começou a uivar, olhando o disco da lua por uma fresta da barraca.

Romão teve uma ideia:
— Venha morar conosco aqui, Lucas.
— Não.
— Por que não?
— Porque não quero. Chega.

Romão continuou, entusiasmado:
— Podemos formar um bando como o de Silvério.
— Asneira.
— Asneira por quê? Silvério tem ganho muito dinheiro. E sem pedir esmola. Ele diz que pedir é de-pri-men-te.
— Silvério sabe uma porção de palavras difíceis – disse Miguel. – E fuma cigarro de papel. Diz que não fica bem fumar cigarro de palha.

Romão não compreendia a vaidade do bandoleiro, mas o aplaudia:
— Aquele é um homem que sabe viver.
— Outro dia o bando dele assaltou uma fazenda – informou Miguel. – Saiu nos jornais.
— Ele acaba se estrepando – disse o velho.

— Você se engana — retrucou Romão. — Silvério é esperto demais pra se estrepar. Antes dum assalto, ele pega lápis e papel e fica fazendo planos.

— Sujeito sabido! — exclamou Miguel.

— Nós também podemos ser sabidos.

— Então o que estamos esperando, pai?

— Que Lucas decida duma vez.

Lucas resistia. Sempre fora amante da solidão. Se aceitara a companhia de Plutão, fora porque este quase não o importunava. Romão, porém, falava demais.

— Continuo na minha barraca — disse.

— É fim de palestra?

— Não mudo de palavra.

Romão principiou a se lamentar:

— É pena que você não quer vir. Íamos ganhar muito dinheiro juntos. Viver assim na miséria não vale a pena.

Lucas tinha os seus princípios, mas já se sentia um tanto atraído pela proposta, embora não desse muita importância ao dinheiro.

— Está bem, venho morar com vocês.

— Ora, viva!

— Mas já vou dizendo, — advertiu — o dia que me sentir chateado caio fora. Volto a viver sozinho. Esse negócio de bando não me agrada nada.

— Você é livre — disse Romão.

Aquela mesma noite os quatro passaram a viver juntos, em família. Misturaram suas pomadas, seus rolos de gaze e os pacotes de algodão na mesma mochila. Puseram as cápsulas de óleo no mesmo bornal. Nenhum era dono de nada e tudo pertencia aos quatro. Uma organização perfeita. Reuniram suas economias na mesma sacola. A esta altura já não restava cachaça nas garrafas. O bando estava formado.

***

Pedro Pede-Pede era o gateiro mais importuno da estrada. Todos os dias procurava Lucas e os outros com um problema insolúvel ou simplesmente para se queixar da vida. Tinha sonhos. Uma vez lhes falou da sua vontade de ter uma casinha na vila, com rádio e geladeira, e isso era coisa tão impossível que precisaram lhe dar uma porretada na cabeça, para que deixasse de falar. Nesse dia, o Pedro voltara, agora queixando-se da falta dum gramofone. Gostava de música. Quando tinha saúde, possuíra um gramofone e lhe dera nas venetas ter outro. Ele era um martírio constante para os amigos.

– Podíamos fazer alguma coisa pelo Pedro – disse Romão. – Afinal, não é impossível a gente arrumar um gramofone.

Miguel, que também se penalizava de Pedro, lembrou:

– Sei onde tem um gramofone: na igreja da vila. Todos os domingos, na hora da missa, o padre dá corda nele e bota um disco pra tocar.

– Conheço os padres – retrucou Lucas. – Não são homens que gostam de dar presentes.

– Mas o Pedro precisa dum gramofone. A mulher dele está passando mal e a música fará bem pra ela – considerou Romão.

Lucas estava pensativo.

– A mulher de Pedro é uma mulher tão bondosa, que eu seria capaz de fazer tudo por ela.

– Chega! – bradou Romão. – Domingo vamos pra vila e trazemos o gramofone de qualquer maneira.

Domingo, pela manhã, os quatro partiram para a vila e chegaram à igreja bem na hora da missa. Não entraram: ficaram fora, ouvindo a "Ave-Maria". Quando a missa terminou, Lucas entrou na igreja e foi direitinho para o altar, onde estava o gramofone. Ao botar a mão nele, apareceu o padre.

– Queria me confessar – disse Lucas.

Era um eclesiástico idoso, resmungão e míope. Não percebendo nenhuma anormalidade na fisionomia de Lucas, levou-o para o confessionário.

Um minuto depois, Romão saía da igreja com o gramofone e a "Ave-Maria" debaixo do braço.

Quando Lucas deixou o confessionário, o padre lhe disse:

– Eu o perdoei, amigo, mas acho que tenho de contar certas coisas para a polícia.

O gateiro abraçou o padre e foi juntar-se aos amigos.

Aquela tarde, os quatro foram chamar o Pedro, trouxeram-no à tenda, e Romão lhe disse, solenemente, com a dupla satisfação do roubo e da oferta:

– Vamos dar um presentinho pra você, caro Pedro.

O gramofone estava coberto por um pano. Lucas descobriu o aparelho.

Com lágrimas nos olhos, Pedro se atirou sobre o aparelho, cobrindo-o com seu corpo mirrado. Parecia-lhe um sonho tê-lo ali. Agradeceu vivamente os amigos, abraçou um a um e desapareceu com o aparelho e o disco.

Romão sentia-se feliz como nunca.

– A gente deve fazer o bem, uma vez ou outra. Assim, quando a gente morre, não vai pro inferno. Deus perdoa os outros pecados.

– Mas roubar uma igreja acho que é pecado – disse Miguel.

– Nós roubamos pra fazer o bem – argumentou Romão. – Não foi o mesmo que assaltar um açougue, como fizemos ontem.

– O açougue estava vazio – lembrou Lucas. – Nem um tostão na caixa.

– Foi pena que a gente não encontrou nada – lamuriou Romão. – Se tínhamos encontrado, podíamos ajudar a família do Pedro. Quem sabe, eu mandava botar as cordas no violino também.

Aquela semana não se viu o Pedro uma só vez. Passados sete dias, ele apareceu. Vinha tão triste, como se tivesse perdido o pai e a mãe aquele mesmo dia. Romão quis saber o que acontecera.

– Nem queira saber – respondeu o Pedro. – Quando botei a música na vitrola, minha mulher começou a chorar como uma alma penada. Faz uma semana que eu, minha mulher e meus filhos não paramos de chorar.

– Mas você tem o gramofone – disse Romão.

– Antes não tivesse.

– Com o tempo você se acostuma com a música e não chora mais – insistiu Romão.

Pedro balançou a cabeça, desolado.

Desde que levei o gramofone pra casa, minha vida arruinou.

– Vamos devolver o gramofone – decidiu Romão, enfezado. – E que isso me sirva de lição para nunca mais ajudar os outros.

No domingo seguinte, os cinco foram à vila com o gramofone e o disco. Mas, quando chegaram diante da igreja, ouviram os belos sons da "Ave-Maria". O padre comprara outro gramofone e outro disco.

– O que uma igreja faz com dois gramofones? – disse Romão. – Vamos vender este.

Entraram numa loja de quinquilharias. Vinte mil réis pelo gramofone. Acharam muito bem pago. Compraram três garrafas de cachaça, carne de porco, tremoços e voltaram para a barraca. Beberam até não poder mais e comeram até sentir náuseas.

Pedro também estava feliz. Mas, quando viu alguns urubus pousarem no campo, ficou triste como um menino no primeiro dia de aula.

– O que se passa com você? – perguntou Romão. – Não posso ver essa cara.

– Nunca pude apanhar um urubu – gemeu Pedro.

– Pra que você quer apanhar um? Não gosto nada desse bicho.

– Carne de urubu cura doença de pele – explicou Pedro.

– Não acredito.

– Muita gente se curou comendo carne de urubu.

Os outros se entreolharam. Não acreditavam nessa história, mas estavam com muita pena do Pedro e dispostos a tudo para vê-lo feliz.

– Está bem. – concordou Romão – vamos caçar os urubus. Deus permita que o meu trabuco funcione.

Pedro protestou, nervosamente.

– Não se deve matar eles com armas.

– Matar como, então?

– Apertando o pescoço deles.

– Assim é difícil – ponderou Romão. – Esqueça os urubus.

Pedro se pôs a resmungar:

– Se eu me curasse, tudo na vida seria fácil pra mim. Ia pra vila, alugava uma casinha, comprava camas, roupas e um ventilador. Minha mulher vive falando num ventilador.

– Chega! – bradou Romão, levantando.

Os demais também se levantaram.

Três urubus, em fila indiana, caminhavam na estrada poeirenta, como pequeninos e reflexivos monges.

– Vamos a eles – disse Romão, seguindo na frente, com toda a cautela.

Os outros, Plutão inclusive, seguiram atrás, tão cautelosos como Romão.

Ocupados em ciscar a terra, os urubus não pressentiam o perigo.

Romão se preparou para o salto, enquanto os outros mantinham a respiração suspensa. Plutão, divertindo-se com a cena, grunhiu e uivou. Os urubus, espantados, levantaram voo inesperado.

– Maldito louco! – berrou Romão.

O Pede-Pede bateu o pé no chão.

– Sou um azarado. Sempre que aparece uma oportunidade, perco ela.

Foi preciso lhe darem de beber, para que se acalmasse.

Romão, que não podia ver ninguém triste, tinha o coração partido. Castigava o demente, cutucando-o com os dedos grossos e rijos.

– Nunca mais terei o ventilador – lamentou Pedro.

Lucas sorriu, satisfeito, e apontou com o index espetado os três urubus, que voltavam a ciscar a terra da estrada, em rigorosa fila indiana. Os outros levantaram e, pé ante pé, foram ao encalço deles.

Como da vez passada, Romão ia à frente, seguido de Lucas. Depois, vinham Miguel e Plutão. Por último, o Pedro, que de tão nervoso não queria tomar parte ativa no ato.

Ao se avizinharem dos urubus, Romão saltou e caiu sobre eles, cobrindo-os com seu corpo enorme. Dois escaparam, ficando a descrever círculos no céu, enquanto o terceiro debatia-se, espasmodicamente, para escapar.

– Saltem, saltem ordenava Pedro.

Era que a ave tentava fugir por baixo do braço de Romão.

Miguel e Lucas saltaram sobre Romão e, logo em seguida, Plutão fez o mesmo. Ficaram os quatro em cima da ave, que na sua convulsão dava trabalho a todos eles.

Pedro assistia à batalha, exultante, a torcer por um desenlace feliz.

Algum tempo depois, Romão se ergueu, com os braços e as mãos sangrando. Entregou a Pedro o urubu morto.

– Leve, e não me peça mais favores – disse-lhe, a enxugar o suor do rosto, também arranhado.

Pede-Pede pegou o bicho e desapareceu, sem ao menos agradecer aos amigos. Queria começar logo o tratamento.

Aquela noite, os quatro foram acordados por um dos filhos de Pedro. Acontecera-lhe alguma coisa. Levantaram e dirigiram-se à toda pressa para a sua barraca. Romão ia resmungando, com ódio do Pedro, que não lhes deixava em paz. À distância ouviram-lhe os gritos.

A mulher de Pedro veio ao encontro deles.

– A carne do urubu fez mal. Está com cólicas de estômago. Acho que vai morrer.

Os quatro entraram na barraca e agiram sem perda de tempo: suspenderam o Pedro pelos pés e sacudiram-no até que vomitasse a carne. Quando o largaram no chão, rompeu a chorar.

– Sou um desgraçado! – dizia.

Lucas e os outros sentaram-se ao redor da esteira para consolá-lo. Ao mesmo tempo, fizeram-lhe ver a grande idiotice que era comer carne de urubu.

Pedro virou bicho.

– Carne de urubu cura, sim. Mas vocês não me deixaram engolir ela. Sou um desgraçado!

Não havia remédio para tanto fanatismo. Mas não fazia mal. O importante era que a vida de Pedro não corresse mais perigo e que sua mulher estivesse descansada. Voltaram à tenda.

Alguns dias depois, os filhos de Pedro vieram avisar que o pai desaparecera. Lucas e os outros montaram nos cavalos e saíram à sua procura. Percorreram todos os campos, sem encontrá-lo. Ninguém sabia do seu paradeiro. Foram até a vila próxima. Nem lá o Pedro estava.

Quando já anoitecia, voltaram desanimados para a barraca. Mas ao passar diante dum charco, ouviram uma voz familiar que os chamava. Correram para lá.

– Vejam! É o Pedro Pede-Pede!

Ali estava o Pedro, enterrado até o pescoço na lama pegajosa. Sua cara, porém, expressava grande contentamento.

Romão se comoveu até às lágrimas.

– Vamos tirar você daí, Pedro. Não fique desesperado.

Pedro, conseguindo libertar os braços da massa pastosa da lama, protestou:

– Não quero sair daqui.

– Por quê? É alguma promessa?

– Não me tirem daqui – suplicou. – Me enterrei no charco pra me curar. Lama cura doenças da pele. Todos sabem disso.

Uma corda lhe laçou o pescoço. Lucas e seus amigos gostavam do Pedro, e o deixariam na lama, já que ele queria assim, mas gostavam ainda mais da sua mulher e queriam levá-lo de volta para ela. Enquanto era puxado para a margem, Pedro blasfemava e pedia o auxílio de Cristo. Arrancaram-no para fora do charco. Fez menção de mergulhar outra vez. Deram-lhe uma bordoada na cabeça que lhe tirou os sentidos. Tratava-se de ser agradável à mulher de Pedro.

Pedro jurou que nunca mais perdoaria os amigos pelo que tinham feito. Desde que fora retirado do charco, perdera a alegria de viver. Mas não tardou a sentir-se triste, muito triste e, quase desesperado, foi procurar os amigos. Encontrando-os, começou a choramingar. Quando percebeu que entristecera a todos, voltou à sua barraca, contente da vida. A mulher e os filhos, vendo a sua alegria, alegraram-se também. Mas Pedro não gostou disso: pôs-se a choramingar, entristecendo novamente a família. Aí saiu da tenda e seguiu para o charco, assobiando a "Ave-Maria". Não mergulhou na lama, porém. Sentou-se, alegremente, nas margens do charco e começou a caçar rãs.

***

A chegada do velho Quincas, o contador de anedotas, a um acampamento de gateiros, era sempre um acontecimento. Era coisa que marcava época e que dividia as épocas. Quando se pretendia lembrar um fato, dizia-se: "Isso aconteceu pouco depois de Quincas ter vindo pela última vez". Quando se tratava de cobrança duma dívida, dizia-se algo parecido: "Escute aqui, fulano, pague-me os dois mil réis que lhe emprestei pouco antes do Quincas ter vindo". E as lembranças eram fáceis e os pagamentos de dívidas possíveis quando se invocava um tempo tão nitidamente marcado.

Bastava o velho Quincas (era velho, magro e raquítico) dobrar a curva da estrada, no seu alquebrado matungo, o Bocage, para que os gateiros fizessem feriado. Aquele dia ninguém esmolava.

– O Quincas chegou! – anunciavam.

Era que o contador de anedotas não frequentava amiúde os acampamentos e em nenhum residia; embora fosse alegre e comunicativo, gostava de viver só e não suportava ter que se radicar num lugar qualquer. Tinha o espírito nômade. "Eu não moro em nenhum lugar, estou sempre em movimento", costumava dizer. "Por que não fica vivendo com a gente?", perguntavam-lhe sempre os gateiros. "Para que vocês descubram meus segredos?", respondia. "Ouçam minhas anedotas e me deixem andar".

– É um sabidão esse Quincas – diziam os gateiros. – Aposto que sabe até o ano que Jesus Cristo nasceu.

O Quincas de fato sabia isso, e muitas coisas mais porque era homem instruído como poucos. Conhecia uma infinidade de máximas, coplas, rifões, e conhecia também uma porção de nomes complicados.

– Este é de Sócrates – explicava, depois dum rifão qualquer.

E imediatamente contava a história de Sócrates, demorando-se na cena final do suicídio obrigatório pela cicuta. Os gateiros ouviam em silêncio, comovidos como se a morte do filósofo fora recente, mas o Quincas, que não admitia tristeza a seu redor, tratava logo de alegrar os companheiros.

– Vocês conhecem aquela do papagaio que costumava se enfiar no confessionário?

Só o Pedro não se divertia com as anedotas do Quincas. Enquanto os gateiros rodeavam o homem, conservava-se à distância, roendo as unhas, invejoso da sua popularidade. Daria até um braço para ter tanta gente ao seu redor, para sentir o amparo dos aplausos e para ser estimado e benquisto como o Quincas era. Invejava ainda a grande felicidade do velho, que de tão grande, devia ter base nalgum segredo. Para descobrir o tal segredo, deu de vigiar todos os passos do Quincas. Parecia a própria sombra dele. Aonde o Quincas ia, ele ia também, seguindo-o de longe.

Depois de alguns dias de investigação, averiguou que o velho tinha por hábito afastar-se do acampamento para ler um grosso volume, num lugar isolado. Levava o livro por dentro do paletó e só o retirava quando tinha a certeza de que ninguém o via.

Pedro teve então uma ideia e cuidou de pô-la em prática. Quincas estava contando anedotas aos companheiros, e ele teria oportunidade de agir. Num passo de exagerada precaução, entrou na barraca do velho e começou a procurar o livro. Encontrou-o enrolado num pano, que lhe servia de camuflagem, e enfiou-o por dentro da camisa. Saiu.

Aquela noite, todos os gateiros do acampamento rodearam uma enorme fogueira, e ficaram à espera de que o Quincas aparecesse para as habituais anedotas. Estavam todos ali: homens, mulheres e crianças. Alguns tinham vindo até de acampamentos distantes para ver e ouvir o Quincas. Mas o Quincas tardava. Repentinamente, ele se projetou para fora da barraca pálido, trêmulo e com lágrimas nos olhos.

– Fui roubado! – berrou.

Os gateiros correram para ele e os que estavam sentados se levantaram.

– Quem lhe roubou? – perguntaram.

– Não sei. Se sabia, estrangulava o miserável.

– Quanto foi que roubaram?

Quincas olhou o interlocutor ofendido.

– Se fosse dinheiro não seria nada – declarou. – Roubaram meu almanaque.

Alguns riram, vendo nisso uma pilhéria do Quincas, mas ao notar que as lágrimas lhe corriam pelas faces engelhadas, tentaram consolá-lo:

– Um almanaque não tem valor, Quincas. Pior se tivessem roubado dinheiro.

Quincas lançou ao gateiro um olhar de cólera, mas não disse nada.

– Conte uma anedota, o aborrecimento passará – aconselharam, interesseiramente.

Quincas sacudiu a cabeça, os braços, as mãos, todo ele num só estremecimento de objeção.

– Hoje não tem anedotas. Nunca mais contarei anedotas, se não encontrar o almanaque. Era nele que eu lia elas. Era nele que eu aprendia tudo.

– Pode ser que você perdeu o almanaque.

– Não perdi. Fui roubado. Eu sabia que mais cedo ou mais tarde isso aconteceria. – E sentou-se no chão, desolado.

Os gateiros estavam surpresos e começaram a se afligir também. Se o Quincas decidisse não contar mais anedotas, ia ser ruim. Precisavam encontrar o almanaque.

A ideia saiu de Romão:

– Vamos fazer uma revista geral no acampamento. Alguém roubou o almanaque do Quincas. Vamos começar pela minha.

A barraca de Romão foi virada de pernas para os ares. Em seguida, foram revistas as barracas de Mãozinha, Pé Torto e Pestanudo. Todas elas foram revistadas. Só faltava uma, a do Pedro. Os gateiros, com Romão à frente, dirigiram-se para ela. Dentro encontraram a mulher de Pedro, com seus dois filhos. Pedro não estava lá.

– Por acaso a senhora viu um almanaque? – perguntou, cavalheirescamente.

– Não vi, não, senhor.

– É que roubaram o almanaque do Quincas.

A mulher de Pedro, que era muito prestativa, ofereceu-se:

– Não tenho almanaque, mas posso emprestar meu livro de rezas. Serve?

Quincas entrou na barraca de supetão, tirou o livrinho das mãos da mulher, deu uma rápida olhadela nele e atirou-o de lado.

– Não serve.

Saíram da barraca.

– O que vou fazer sem o almanaque? – afligia-se o velho. – Sem ele, a vida é um trambolho para mim.

Todos os gateiros que tinham livros levavam-nos para o Quincas ver se algum deles ou se todos eles juntos poderiam substituir o almanaque roubado. Eram bíblias, livros de reza, livrinhos da flora medicinal, de feitiçaria e folhetos de marchas carnavalescas. Nenhum servia. Não havia livro no mundo que se igualasse em valor ao almanaque.

– Vou me jogar no rio – dizia o Quincas.

Os homens sacudiam a cabeça, contristados. Algumas mulheres choravam de pena do Quincas. As crianças não entendiam o que acontecia. Romão falava em dar uma busca no acampamento mais próximo. Mãozinha planejava ir à cidade assaltar uma livraria. Pestanudo começava a fazer uma coleta para comprar um livro que fosse tão valioso como o almanaque desaparecido. Mas nada ficava assentado.

Nesse instante, Pedro Pede-Pede, todo feliz, com passinhos breves e saltitantes, aproximou-se do acampamento. Ao notar que todos estavam tristes, sentiu-se ainda mais feliz, e todo ele assumiu ares dum homem superior e admirável.

– Onde o Pedro andou? – perguntaram os gateiros.

Ninguém soube dizer.

Pedro encaminhou-se para a fogueira, no centro do acampamento, seguido pelos outros. Vendo que o seguiam, parou, de repente, e voltando-se a eles, bradou:

– Atenienses, não vos associais aos lamentos e às convulsões!

Os gateiros se entreolharam, abismados.

– Você andou lendo alguma coisa? – perguntou Romão, repousando-lhe a manopla no pescoço.

Ele respondeu em versos:

> Não são os livros que ensinam
> Como se deve viver.
> Houve sábios de verdade
> Que nunca souberam ler.

O contador de anedotas saltou diante dele, e acusou-o, alvoroçado:

– Foi você quem roubou meu almanaque!

Romão sacudiu Pedro abruptamente pela gola do paletó e os gateiros todos se acercaram dele, dispostos a puni-lo pelo roubo.

Seguro pelas poderosas garras de Romão, Pedro debatia-se e berrava:

– O que fazeis, atenienses? Sou justo, reto e preclaro!

Romão não dava ouvidos aos berros.

– Onde está o almanaque, ladrão?

– Não sei de almanaque nenhum.

– Conte ou eu lhe esmago.

Quincas pediu a Romão que não usasse de violência, e disse a Pede-Pede, em tom de quem perdoa:

– Devolva o almanaque, Pedro. A gente esquece tudo.

Mas Pedro não entregava os pontos.

– Deixe ele comigo – disse Romão.

Num instante, Pedro foi erguido no ar, como se fosse um boneco. Embaixo dele, a fogueira crepitava. Ao sentir o calor das chamas, rompeu a berrar, mas nem assim confessava onde escondera o almanaque.

O próprio Quincas se comovia ante tão corajosa resistência.

– Pode me queimar – berrava Pedro.

Romão fez as chamas lamberem-lhe o traseiro.

– Ai! – Pedro não aguentou. – Pare com isso, desgraçado. Eu conto.

– Onde está ele? Diga logo.

– Enterrei no charco.

Os gateiros, com Quincas, Romão e Pedro à frente, correram para o charco. Pedro enterrara o almanaque como se enterrasse um tesouro. Quando Quincas o teve nas mãos, voltou a chorar, mas agora de alegria. Beijou a capa enlameada do almanaque. Passou a mão na lombada como quem acaricia uma mulher. Aí então enxugou as lágrimas, sob os olhares felizes dos amigos.

– Vocês conhecem aquela do pato que gostava da galinha? – perguntou.

– Essa não conhecemos – responderam.

– Vamos voltar. Conto ela pelo caminho.

***

Elefante era o mais idoso e o mais rico dos gateiros da estrada. Ganhava muito dinheiro esmolando, talvez porque causasse demasiado receio aos sadios, e jamais gastava o produto das suas férias. Guardava-o todinho no seu colchão de palha. Quando saía para cavar a vida, levava o colchão consigo, sobre o cavalo, para que não o roubassem. E, para maior cautela, não fazia amigos. Vivia afastado de todos, sempre desconfiado e taciturno. Apenas uma amizade possuía realmente: a da Virgem Santíssima, a quem erguia suas preces, horas inteiras, na maior paz de espírito. Porém, assim que acabava de rezar, suas inquietações ressurgiam: era que sentia a morte chegando e não queria deixar a fortuna para ninguém.

Os outros gateiros esperavam com impaciência a morte de Elefante. Sua saúde era assunto que nunca se esquecia numa conversa. Havia até uma toada, sem autor, que muitos cantavam:

> Cadê o Elefante?
> Morreu.
>
> Cadê o dinheiro dele?
> É meu.
>
> Você fica com o colchão
> Eu fico com o dinheiro.

Elefante também conhecia a toada. Por isso tinha um dia de regozijo quando algum companheiro morria. Chegava mesmo a comparecer ao enterro. Ia metido numa roupa branca, especial para as solenidades. Às vezes, levava flores e sujava as mãos de terra para ajudar a cobrir o cadáver. Mas nunca lhe surpreenderam uma lágrima nos olhos.

Assim, os anos passavam e Elefante não morria: seu físico, porém, dia a dia mais se gastava, à medida que suas orelhas cresciam ainda mais. Por fim, entrevou-se no colchão. Já não saía para mendigar, largado, à espera da morte.

A notícia da agonia de Elefante correu veloz pelas estradas, saltando de barraca em barraca, das quais logo saíam verdadeiros enxames de gateiros. Até aqueles que se achavam quase nas mesmas condições físicas do agonizante, partiam nos seus cavalos, com o mesmo destino.

Enfim, a notícia chegou à tenda de Lucas e dos seus amigos. Mas Lucas não quis tomar conhecimento dela. Estava deitado no chão, com os olhos fitos nas nuvens, a matutar na vida. Quando se punha assim, nada o interessava.

– Vamos até a casa do Elefante ver o que acontece – disse Miguel.

Lucas protegeu os olhos com o chapéu roto.

– Quero tomar sol.

Os outros entreolharam-se, aborrecidos, e Romão foi sentar-se ao lado de Lucas, começando a falar das vantagens que a fortuna traz ao homem.

– Quem sabe ele nos dá alguma coisa antes de morrer – disse.

– Elefante não é desses que dão dinheiro – ponderou Lucas. – Além disso, tem um revólver de dois canos.

– Ele morre com o revólver na mão – acrescentou Miguel. – Ainda esta manhã deu um tiro num sujeito que se meteu a esperto.

– Não faz mal que ele não nos dê nada, – decidiu Romão – vamos só pra ver como é que o velho vai passando.

Lucas se pôs a refletir. Não era homem que tomasse uma resolução qualquer sem pensar um pouco antes, diferente de Romão, que só agia impulsionado pelos sentimentos.

– Está bem, vamos – concordou.

Os quatro montaram nos seus matungos e seguiram estrada fora, vagarosamente, porque o calor lhes tirava toda a vitalidade.

– Acho que chegamos – disse Miguel, depois duma boa hora de caminhada.

A barraca de Elefante era a única duma clareira onde desembocavam duas estradas: ele jamais se instalava perto dos outros. Uma porção de gateiros, todos com a mesma expressão de impaciência expressada nos rostos, rodeava a barraca.

– Estão esperando que Elefante bata as botas.

Ao perceber a aproximação dos quatro, os homens que cercavam a barraca se moveram inquietamente, e dois deles seguiram ao seu encontro. Um era alto e escuro, de traços duros e firmes, mas não parecia estar muito seguro de si, tão inquieto ou ainda mais que os outros. Vestia uma blusona verde e usava polainas. Entre os lábios estreitos, segurava um cigarro de papel, semiapagado. Acompanhava-o um homem baixote e troncudo, com uma cara feia a exalar maus intentos. Trazia uma velha e enferrujada carabina a tiracolo. Mostrava-se mais calmo do que o companheiro, mas via-se nele o servo: o mais alto era o patrão.

– O que vocês vieram fazer aqui? – perguntou o patrão, com disfarçada curiosidade.

— Viemos fazer uma visitinha pro Elefante, caro Silvério — respondeu Lucas, seriamente. — Você sabe: não fica bem desamparar os amigos na hora da morte.

— Nós vamos aonde queremos — disse Romão, insultado com a pergunta. — A estrada não tem dono.

— Estou de pleno acordo, mas não se demorem lá dentro — advertiu Silvério. — É bom deixar que o pobre velhinho descanse em paz. E pelo amor de Deus, não vão sentar naquele colchão cheio de percevejos.

— Deus me livre de encostar naquele ninho de bichos — disse Lucas, com dignidade. — Até logo, Silvério.

Os quatro cavalgaram até a encardida barraca do agonizante. Desmontaram e, quando iam entrar, um gateiro acercou-se deles e disse com uma voz rouquenha e temerosa:

— Não entrem aí dentro. O velho está furioso. Aleijou um cara com um tiro, esta manhãzinha.

— Saia da dianteira, homem — ordenou Romão, empurrando-o.

— Pela frente Elefante, por detrás Silvério, você está frito, Romão — murmurou o gateiro. — E depois não diga que não avisei.

— Não me entretenha — rugiu Romão, curvando-se para entrar na barraca.

Elefante estava largado no colchão de capim. O abandono do seu corpo era total, mas seus olhinhos continuavam vivos, fuzilantes e desconfiados. Suas orelhas volumosas iam-lhe até os ombros. A pele do rosto, branca e escamosa, reluzia. Ao ver os visitantes, ergueu dificultosamente um enorme revólver.

— Vão embora! — ordenou. — Ninguém me leva o dinheiro que ganhei com tanto sacrifício. E vocês sabem que não levam mesmo. Não sou nenhum palermão.

— Não queremos seu dinheiro — disse Romão. — Viemos aqui só pra visitar você. Somos velhos amigos.

— Sou sabido demais para acreditar nisso — declarou Elefante. — Meu dinheiro não vai pras mãos de gente do mundo. Sei muito bem o que vou fazer com ele. Está assentado desde que tombei aqui.

— O que vai fazer com ele? — quis saber Romão, preocupado.

— Vou comer.

— Comer o dinheiro?

— Já está assentado – repetiu o moribundo. – Está todo aqui, no colchão, trocado em notas. Querem ver se eu como ou não? Querem ver?

Lucas fez uma horrenda cara de nojo, e aconselhou.

— Não faça isso, Elefante, é anti-higiênico...

— Sei o que faço, pagão duma figa – berrou Elefante. E afundou-se mais no colchão, onde estava o tesouro.

O caboclo mal encarado, que rondava a barraca de moribundo, correu para perto de Silvério, com uma notícia. Vinha alarmado e enfurecido.

— Elefante vai comer o dinheiro – disse.

— Como você sabe disso?

— Ouvi ele dizer pra aqueles tipos. Que vamos fazer, patrão?

— Tenha calma, Joaquim. E fique vigilante. Se precisar agir a gente age e liquida logo com a história.

— Volto pra barraca, patrão?

— Volte.

Cercando o agonizante, Romão e seus amigos faziam-lhe toda a sorte de acusações para amansá-lo. Acusavam-lhe de ter feito a fortuna roubando os viandantes da estrada.

— Nunca roubei nada – defendeu-se Elefante. – Ganhei meu dinheiro pedindo esmolas. Graças a Deus, não roubei um tostão. Logo que me viam, os sadios atiravam dinheiro. Não me deixavam passar fome e gostavam de mim.

— O senhor roubava crianças – acusou Romão. – Todo mundo sabe.

— Não roubava.

— Isso o senhor não pode negar.

— Nego quantas vezes for preciso.

— Mentindo na porta do céu!

— Avarento não vai pro céu, vai pro inferno – sentenciou Lucas.

— O senhor roubava crianças – voltou a acusar Romão.

— Não! – berrou Elefante.

Mas já não tinha muita certeza disso. Via nitidamente as crianças correndo espavoridas quando ele passava no seu trôpego matungo.

Corriam aos gritos de terror. Algumas tropeçavam, caíam e se levantavam para fugir. A morte vinha para Elefante como um castigo das crianças que ele assustara. Via Romão, menino, dormindo num quarto escuro, a ter medonhos pesadelos. E ele, penetrando nos pesadelos de Romão, roubava-o e levava-o para a estrada. Todos os gateiros, na infância, haviam sido roubados por ele. Roubara-os e mordera-os no pescoço, como diziam as histórias, e depois os abandonara a seu destino. E agora, no fim da vida, as crianças, já crescidas e contaminadas, apareciam para se vingar, roubando-lhe o dinheiro.

A força que até então fizera para manter a consciência esvaiu-se, e ele começou a delirar, sob a sugestão das acusações.

– O que você tem aí no pescoço, Romão?
– Não tenho nada no pescoço.
– Tem uma cicatriz.
Romão achou graça.
– O senhor está vendo demais.
O agonizante insistia:
– Tem uma cicatriz, sim. A marca dos meus dentes.
Depois quis ver os pescoços de Lucas, de Miguel e de Plutão.
– Todos vocês têm cicatriz no pescoço. Sabem o que foi isso?
– Uma dentada.
– Fui eu que dei a dentada. Roubei vocês, pus dentro dum saco de estopa e vim pra estrada. Eu era Elefante, o ladrão de criança. Assim me chamavam todos.

Começou a dizer coisas sem sentido. A todo momento, falava das cicatrizes e das crianças. Contava velhos casos, que se misturavam com outros, ainda mais velhos. À certa altura, cantou, baixinho, uma cantiga tradicional dos gateiros. Depois vieram as palavras soltas, quase inaudíveis. Era o fim.

Romão empurrou o corpo do defunto para o lado e enfiou a manopla através dum rasgo do colchão. Lucas rasgava o travesseiro. O dinheiro foi encontrado. Contaram-no apressadamente. Cinco contos de réis. Uma fortuna!

Joaquim pôs a cara na abertura da barraca, viu o dinheiro e afastou-se.

— Vai ter barulho – disse Miguel.
— Não tenho medo – declarou Romão. – Estou pra tudo.
— Vamos dar a metade pra eles.
— Nem um tostão.

Saíram da barraca, com os bolsos cheios, e trataram de abrir uma cova no campo. Trabalhavam depressa, para sumirem logo dali, pois os homens de Silvério estavam por lá, em confabulações.

O caboclo aproximou-se com a espingarda nas mãos. Estava verde de raiva.

— Isso não fica assim – berrou. Esses desgraçados têm que devolver o dinheiro.
— Ninguém me tira o dinheiro – disse Romão, esquentado.
— Eu meto fogo.
— Pode meter. Morro mas não entrego a bolada.

Silvério apareceu correndo. Outros o acompanhavam.

— Alto lá, Joaquim – gritou para o caboclo. – Largue a arma.
— Não largo, patrão. Esse dinheiro é nosso.
— O dinheiro é de quem pegou ele – argumentou Silvério, formalisticamente.
— Conversa, patrão.
— Abaixe a espingarda, Joaquim. Quem manda aqui sou eu.

O caboclo lançou a espingarda atrás dos ombros e foi se afastando, rancorosamente, a resmungar impropérios.

Um grupinho de gateiros cantava, por zombaria:

> Cadê o Elefante?
> Morreu.
> Cadê o dinheiro dele?
> É meu.

> Você fica com o colchão
> Eu fico com o dinheiro.

— Você é um camaradão – disse Romão a Silvério.

— Sou amigo dos meus amigos. E depois, direito é direito. Vocês ganharam a parada e está acabado. Não brigo por causa de dinheiro.

— Pensei que você fosse o primeiro a querer baderna — confessou Romão.

— Baderna? — escandalizou-se o patrão. — Isso não é próprio da minha índole — respondeu com seu ar pedante. — Comigo tudo se resolve às boas.

Voltaram ao trabalho, com o auxílio de Silvério, que possuía uma enxada de bom tamanho. Quando a cova já estava bastante profunda, puseram o cadáver dentro dela e cobriram-no.

Respeitosamente, Silvério ajoelhou-se por um momento.

— Você é um sujeito educado — disse Romão. — Rezar não é coisa que um bruto sabe fazer.

O bandoleiro riu, acendendo um cigarro de papel.

— Sabia que já estive em escola?

— Não sabia.

— Aprendi a ler, a escrever e a fazer contas. Queria estudar e ser alguém. Não nasci pra burro de carga. Ia longe se não aparecesse a doença.

— Com a cabeça que você tem, você ia mesmo — disse Romão.

Terminados todos os trabalhos, os quatro montaram nos cavalos, satisfeitos por tudo ter acabado bem. E com aquela facilidade!

— Sou um homem rico! — exclamou Romão, de cima do Capenga, espancando as próprias coxas, alegremente.

— O dinheiro é bom pra quem sabe gastar — advertiu Silvério. — Esconder ele no colchão não adianta. Sabem como é que gasto o meu?

— Não.

— Com mulheres e bebidas.

— Você está cheio de mulheres, não é?

— Tenho uma penca delas.

— Homem de sorte!

— Não precisa ficar com inveja, Romão. Posso emprestar algumas, você querendo. Passe esta tarde no meu acampamento. Está combinado?

Romão não precisou pensar para responder.

— Passo.

— Passa então que eu espero. Sou amigo dos meus amigos.

Sem mais uma palavra, os quatro chicotearam os cavalos, de volta para a barraca. Quando chegaram à primeira curva do caminho, olharam para trás e viram uma fumaceira. Eram os homens de Silvério, que incendiavam a tenda de Elefante e o colchão vazio.

***

A conquista do tesouro de Elefante exigia uma comemoração que marcasse época na história do bando, e eles cuidaram de realizá-la naquela noite mesmo. Precisava ser algo solene e grandioso. Não beberiam cachaça: beberiam vinho do bom. Comeriam carne de porco à beça, não apenas porque gostavam dela, mas, principalmente, porque fazia mal. Uma comemoração que não deixa cicatrizes na carne e remorsos na alma não é uma comemoração. O que não podiam faltar eram mulheres, e a presença delas Silvério garantia. Mas não convidariam outros homens. Seria uma festa em família.

Romão estava exultante:

— Agora não precisamos esmolar mais. Somos os gateiros mais ricos da estrada.

Ao seu lado, Miguel fazia castelos:

— A gente pode construir uma casa de madeira igual a do Motta. Isso de morar numa barraca é muito mal. Quando chove, entra água.

— Sim, podemos construir a casa – disse Romão. – Mas o diabo é que a gente não pode levar uma casa dum lugar pra outro como faz com a barraca.

— Não faz mal.

— Faz, sim. A casa vai tirar a liberdade da gente.

— Uma casa é uma casa – argumentou Miguel.

— Acho melhor a gente desistir dessa ideia. A casa vai nos prender aqui. E eu não gosto de me ver preso. O que você diz, Lucas?

O velho respondeu prontamente:

— Eu digo que devemos gastar todo o dinheiro e não construir coisa alguma. Não os gateiros, mas toda a gente deve gastar o que tem. Quem é dono duma casa precisa estar sempre limpando ela, e isso dá trabalho. Depois, é preciso ter cuidado com o fogo e quando chove a casa pode desabar sobre a gente. Muitas casas têm desabado com as tempestades. Por isso eu digo que a gente deve gastar o dinheiro e não comprar com ele nada que pode durar mais do que algumas horas.

– Está muito certo – concordou Romão. – Vamos começar a gastar o dinheiro ainda hoje. Esperem por mim.

Saltando no lombo do Capenga, Romão desapareceu na estrada. Ia ao acampamento do seu amigo Silvério buscar as mulheres e tudo que ele tivesse de bom.

Eram mais ou menos sete horas da noite quando Lucas, que cochilava na tenda, acordou com um vozeirão rouco e distante. Levantou-se e saiu da barraca; Miguel, já fora da barraca, apontou-lhe com o dedo uma cena que o fez rir como um possesso. Em cima do decrépito matungo de Romão, vinham quatro maltrapilhas, típicas zabaneiras, carregando nos braços como se fossem bebês, quatro garrafões de vinho. A pé, puxando com toda a força o animal pela orelha, vinha Romão, embriagado e vermelho. Cantava a mais obscena das cantigas.

Quando o cavalo chegou à tenda, Romão, cavalheirescamente, ajudou as mulheres a desmontarem e, conduzindo uma delas pela mão, apresentou-a:

– Esta é a Laura, a amiguinha do Silvério.

Lucas pasmou-se.

– E o que faz ela aqui?

– Silvério me emprestou ela por uma noite. É o melhor homem que conheci no mundo. Um sujeito que já esteve em escola. Mas não abusarei muito da Laura. Quero mostrar que também tenho boa educação.

Laura sorriu, a contragosto, e fez sinal às companheiras que se aproximassem. Era mulher duns trinta anos, de corpo delgado e bem posto. Não era bonita, mas já devia ter sido, a julgar pelo orgulho que ainda conservava. Usava um vestido azul, de bom tecido, porém já descorado e sujíssimo.

– Silvério tem gosto! – exclamou Lucas.

As outras mulheres, ao serem apresentadas, puseram-se a rir e a se cutucarem mutuamente. Não pronunciavam uma só palavra. Uma delas, já bastante idosa, tinha os cabelos atados por uma meia, à guisa de fita. Parecia estar sempre ruminando e, de instante a instante, cuspia. A outra mulher era transparente, de tão magra, e no seu rosto anguloso não havia a menor beleza ou feiura. Um sexo neutro, sem característicos masculinos ou femininos, todo voltado à aflitiva espera de algum acontecimento. A quarta zabaneira apenas ria e cutucava as companheiras. Às vezes, soltava um rincho tão alto que obrigava as outras a taparem os ouvidos.

— Plutão gostará desta — disse Romão. — Regula ainda menos do que ele.

As quatro mulheres, os quatro homens e os quatro garrafões foram se alojar dentro da barraca. O espaço era insuficiente para todos e, em benefício dum conforto maior, trataram de liquidar os garrafões: cada um que se esvaziasse seria atirado para fora da tenda.

Romão acendeu um toco de vela. Uma luz enfermiça e vacilante iluminou o interior da barraca. A luz, porém, não revelava desenho algum: apenas um emaranhado de cabeças, pernas e braços. Dezesseis mãos buscavam os gargalos dos garrafões. Cabeças se chocavam. Taponas estalavam dum lado e de outro para o estabelecimento da ordem. Ouviam-se pragas sonoras e palavras berrantes. Uivos, murmúrios e rinchos animalescos. Era um carnaval lúbrico e violento. Quando o primeiro garrafão foi esvaziado, a paz voltou e então foi possível ver o que eles faziam e discernir o que diziam.

Miguel colocou-se timoratamente num canto da barraca. Era o menos afeito à aproximação das zabaneiras. Elas, no entanto, insistiam em cativar-lhe a simpatia.

Desejoso de que todos igualmente se divertissem, Romão pediu ao filho que se aproximasse mais e que conversasse com as convidadas.

— Estas mulheres têm um cheiro desgraçado — rosnou o rapaz. — Vou sair fora.

Uma das convidadas, a que tinha uma meia segurando os cabelos, ofendeu-se e cuspiu-lhe no rosto. Em seguida, deu-lhe um bofetão no rosto. Era mulher de muito brio.

Romão, no exercício de suas funções de pai, aplaudiu a mulher e censurou o filho. Não queria que ofendessem as "senhoras". Depois da reprimenda, anunciou:

— Vou tocar alguma coisa triste no violino. A gente gostava muito do

Elefante e precisa agradar a alma dele. Esmago a cabeça do primeiro que disser uma palavra.

Solenemente, Romão se pôs a arranhar com o arco a única corda do violino. A música parecia a agonia dum gato. Era, no entanto, a melhor peça que ele tocara, pois realmente impressionava, como convém às marchas fúnebres. Uma das zabaneiras fez figa. Outra repetiu três vezes o sinal da cruz. O violinista, com o canto dos olhos, via nisso pequenas homenagens à sua execução. Todas as vezes que erguia o arco para desferi-lo sobre as cordas, atingia com o cotovelo o olho duma das mulheres. Ela não o evitava, para não prejudicar o brilho da execução, mas no final da música, voltou-se gentilmente para ela, e pediu-lhe desculpas.

— Não foi nada, — disse a zabaneira — mas estava com medo que o senhor me esborrachasse o nariz.

O terceiro garrafão foi dedicado a Silvério, que lhes recomendara aquelas beldades, e com ele comeram carne de porco e as azeitonas que Romão trouxera do acampamento.

A aloucada começou a simpatizar com Plutão. Foi uma atração amorosa surgida de imprevisto: caiu sobre ele num salto e quase ia pondo a barraca por terra. O demente deixou-se enlaçar e ficou a olhá-la, grunhindo, cheio de temores.

Lucas ergueu a vela à altura dos olhos para ver melhor a cena.

— Vejam: ela está mordendo a cara de Plutão!

— Felisbina sempre faz assim quando gosta de alguém — explicou uma das zabaneiras.

— Felisbina! — exclamou Lucas, repugnado. — Que nome horrendo, este! Vamos arranjar outro pra ela.

— Mas ela se chama Felisbina — insistiu a mulher.

— Vamos chamar ela doutro nome qualquer — teimou Lucas, já embriagado.

O rosto do demente era uma só mancha roxa com rabiscos sanguíneos. Felisbina parecia querer comê-lo vivo. Sempre ficava assim quando se apaixonava. Antes de que fosse inteiramente devorado, Plutão acertou um forte soco na amada e, desvencilhando-se dela, precipitou-se como um bólido pela abertura da barraca. Felisbina saiu em sua perseguição.

Lucas quis gozar o espetáculo lá fora. Mas não encontrou Plutão.

Desaparecera. Percorreu as circunvizinhanças todas, sem encontrá-lo. Ouviu um ruído vindo de cima duma árvore.

   Encontrei! – anunciou Lucas, totalmente embriagado.

Felisbina correu para lá e tentou subir na árvore, mas escorregava no visgo do tronco. Não se podia compreender como Plutão a escalara tão depressa.

   – Uma escada para Felisbina! – berrou Lucas, ainda mais alucinado que os dois amantes. – Depressa, tragam uma escada!

Como ninguém trazia a escada (Romão estava muito ocupado dentro da barraca), Lucas auxiliou a sublime Julieta a subir na árvore, e não foi sem grande sacrifício que ela alcançou o pé do amado. Puxou-o com força, e os três, Lucas inclusive, caíram no chão.

Voltaram, então, à barraca, com Plutão enclausurado pelos magros e duros braços de Julieta. Agora não podia fugir mais e nem queria, pois já começava a sentir as delícias do amor. Foram recebidos festivamente.

A ideia foi bem acolhida, Lucas realizou o casamento. Depois de fazer um longo discurso, cheio de belas palavras, em que aconselhou ao casal que tivesse muitos filhos, beijou a noiva nas duas faces.

   – Que Deus nunca os separe – augurou, enfaticamente.

Romão lembrou-se de velhas canções e começou a cantar. O vinho lhe refrescava a memória. Os outros faziam o coro.

> Sou gateiro da estrada,
> De dia sou mendigo,
> De noite sou ladrão.
> De dia sou humilde,
> De noite valentão.

Esquecendo-se do cheiro das zabaneiras, o filho de Romão aderira à orgia, e puxara uma delas para o colo. Já não existiam barreiras entre eles. Eram seres superiores e felizes. Perfeitos.

Ao abrir o quarto garrafão, Romão tombou sobre ele, já em sono profundo. A seu lado, o casal de loucos dormia, também, entrelaçados como cipós. Miguel tinha a cabeça a dar giros: via as coisas informes, duplas e crescentes. Lucas não via coisa alguma.

***

Miguel primeiro sentiu um amargor na garganta, depois uma sensação dolorida no corpo e nos membros todos e, finalmente, viu a luz do sol. Os três companheiros dormiam em sentidos diversos. As mulheres não estavam ali. Apenas o cheiro delas permanecia. Espiou pela abertura da barraca, mas não as viu. Sacudiu brutalmente o corpo do pai.

– Onde foram aquelas vagabundas?

Romão abriu os olhos lentamente e, sem uma palavra, saltou sobre a mochila. Lançou para fora tudo que havia dentro dela. Esvaziou o bornal. Remexeu nas esteiras e nos cobertores.

– Fomos roubados! – berrou.

– Não puderam resistir ao dinheiro – disse Miguel.

– Nada disso, burro. Já vieram aqui pra roubar. – E tomou uma decisão: – Tenho que destripar um sujeito.

– Quem?

– Silvério.

Lucas acordou também. Bastou olhar a cara de Romão para saber o que acontecera. Mas ele tinha grande poder de reação:

– Faz de conta que a gente nunca teve o dinheiro.

– Tive ele nas minhas mãos – lamuriou Romão.

Lucas desarrolhou um dos garrafões.

– Ainda tem vinho neste. A gente está com sorte. Vamos beber um trago.

Embora estivesse profundamente aborrecido, Romão não recusou o vinho. Bebeu em silêncio, a curtir o ódio que Silvério agora lhe inspirava. Precisava destripá-lo. Enquanto não o destripasse não teria sossego na vida. Cuspiu de lado, com fúria.

***

Quando não havia mais uma gota sequer de vinho no garrafão, Romão teve novo acesso de cólera. Precipitou-se para fora da barraca, bufando e praguejando. Os outros saíram atrás, certos do que ele ia fazer.

– Será agora ou nunca – disse Romão.

Montaram nos cavalos e, num galope acelerado, rumaram para o acampamento de Silvério. No caminho, depararam com inúmeros gateiros que vinham em direção contrária. Pareciam apressados. Alguns carregavam suas tendas.

– Nunca vi tanta gente de mudança! – exclamou Miguel.

Ao chegarem, afinal, ao acampamento de Silvério, tiveram uma triste surpresa: não havia ninguém ali. Apenas viram algumas barracas derrubadas.

– Fugiu! – bradou Romão. – O canalha me escapou!

– Pra onde será que ele foi?

– Não sou adivinho.

Lucas olhava pensativo para as barracas derrubadas. Tinha o vago pressentimento de alguma desgraça geral.

– Não sei, mas parece que aconteceu alguma coisa estranha. Por que será que aqueles gateiros estavam mudando?

Descendo do cavalo, Romão começou a chutar as barracas. Encontrou uma panela. Chutou-a longe.

– Você não encontra mais o dinheiro – disse Miguel.

– Não me fale mais do dinheiro! – berrou Romão. – Agora só me interessa destripar aquele filho duma cadela. – Largou-se no chão, puxando os grossos cabelos. Puxou-se as orelhas. O nariz.

– Vamos pra vila bater gato – disse Miguel.

Seguiram para a vila, calados e deprimidos. Apenas Lucas conservava a serenidade. Era homem que nunca se abatia ante o mal. Plutão seguia atrás de todos, jogando o bilboquê. Minutos depois, já viam os telhados vermelhos das casas, sob o lençol denso da neblina, que a luz do sol desintegrava.

– Pensei que nunca mais ia mendigar – lamuriou Romão.

– Silvério diz que mendigar é de-pri-men-te – lembrou Miguel. – Silvério não pede esmolas. É um sujeito esperto.

Chega o dia que ele vai pedir pra deixar respirar um pouquinho. Mas eu não deixo. Aperto o pescoço até quebrar.

Dali a um instante, os cavaleiros viram um homem baixote e gorducho. Vinha correndo pela estrada como se perseguido por mil demônios. Ao aproximar-se deles, parou ofegante. Quis falar, mas não pôde. Tirou um lenço do bolso do felpudo sobretudo que vestia.

– O que aconteceu, amigo? – indagou Lucas.

O homem demorou a responder. Enxugava o suor do rosto bulboso. Por fim, começou a falar, com o lenço na mão.

– Os senhores vão pra vila? – perguntou numa fala de homem educado.

– Vamos, sim – respondeu Lucas.

– Os senhores não devem ir.

– Por quê?

– Aconteceu um desastre.

– Desembuche – ordenou Romão, impaciente.

O homem ainda ofegava. Com o lenço, ia limpando o sobretudo, sujo de terra. Parecia ter muito cuidado com ele.

– Conheceram o Quincas?

– Quem não conhece o Quincas?

– Pois ele foi morto.

– Por quê? – quiseram saber todos ao mesmo tempo.

O gateiro do sobretudo não encontrava palavras para explicar.

– Foi a Profilaxia – disse.

Romão não entendeu. Quis os detalhes da morte.

– Quiseram levá-lo para um asilo. O Quincas disse que não ia. Estava muito bem na estrada. "Você tem que ir queira ou não", disseram os inspetores. Aí o Quincas reagiu. Reagiu feio. E acabou levando bala.

Romão entendia, agora.

– Profilaxia quer dizer levar a gente pro Asilo?

– Isso mesmo. Ou vai ou morre.

– Diabo! Não sabia que as coisas eram assim.

– Por isso que os gateiros estão de mudança – lembrou Lucas.

– Todos estão fugindo – disse o gateiro do sobretudo. – Ninguém quer ir para o Asilo.

– Pois eu não fujo – bazofiou Romão, batendo na cintura. – Tenho um trabuco que é um perigo quando dá pra funcionar. Vou ficar aqui.

Os olhos de Miguel se iluminaram. Ouvira espantado a notícia, mas agora tivera uma ideia. Bateu com rigor no ombro do pai.

— Vamos voltar pra Minas — sugeriu.
— Você disse pra Minas?
— A gente sempre quis voltar, não é?

Os olhos de Romão se iluminaram como os do filho. Surgira, enfim, o momento de voltar para sua terra. Nada mais o impediria.

— Vamos voltar pra Minas, sim — decidiu, entusiasmado. — Está resolvido: vamos embora hoje mesmo.

Romão e Miguel fizeram os cavalos dar meia-volta.

— Se os senhores deixarem, — disse o gateiro do sobretudo — vou junto. Não quero ser levado para o Asilo.

— Como é que não vamos deixar, "seu" ...

— Antonio Mendes é o meu nome.

— Está bem, "seu" Mendes, venha com a gente. Três sempre é melhor do que dois. Monte no meu cavalo.

"Seu" Mendes dificultosamente subiu no lombo do Capenga.

— E você, Lucas, quer ir também? — perguntou Romão.

Lucas não respondeu logo. Era contra os seus princípios aquela vida em bando. Preferia a solidão. Apesar disso, respondeu:

— Vou, sim. O que fico fazendo aqui se todos vão?

— E o louco, que fim dar a ele?

— Levo Plutão comigo. Ele não atrapalha.

Puseram-se a caminho da barraca. Lucas seguiu ligeiramente contrafeito, a refletir nos seus problemas íntimos, mas, de repente, sem saber ao certo por que, sentiu-se feliz. Plutão jogava o bilboquê, satisfeito. Romão esquecera o roubo e a morte do Quincas. Cantava na sua voz rouca:

Sou gateiro da estrada,

> De dia sou mendigo
> De noite sou ladrão.
> De dia sou humilde,
> De noite valentão.

LIVRO SEGUNDO
ÊXODO SEM JEOVÁ

O condutor daquele enorme séquito de gateiros em preparativos para fugir era um velho baixote, troncudo e curado. Usava um blusão de cor verde e um culote cáqui que trouxera do Exército, onde possuíra divisas. Há muito mendigava, mas jamais perdera a postura de soldado. Andava com firmeza e gostava de ser ouvido com atenção. A voz era potente e máscula, nunca, porém, agressiva. Tinha um costume engraçado de espremer o lóbulo da orelha direita, que estava sempre vermelho. Como um perfeito patriarca, o velho se movia pelo acampamento, dando ordens enérgicas a uns e a outros e admoestando as mulheres que se apressassem. Não se podia perder tempo. Sabia que estava sendo útil e era feliz por isso. Mas não demonstrava alegria nem tristeza, todo voltado ao seu trabalho. Marques pedia às crianças que largassem os brinquedos e fossem ajudar os pais a desarmarem as barracas e a dobrarem as lonas pesadas. Tudo tinha que ser feito com rapidez. Quando os carros da Profilaxia chegassem, não deveriam encontrar ninguém. Uma boa peça pregada por ele, Marques, que já estivera do lado da Lei. Não ignorava, no entanto, que muitos gateiros estavam aterrorizados com a ideia de fugir. Mas enquanto estivesse entre eles, não se renderiam. Tão aturdidos estavam, que mesmo para se render precisariam dum guia. E Marques não era o homem indicado para isso.

– Dobrem direito a lona – advertia o velho, passeando pelo acampamento. – E deixem aí mesmo as coisas de menor importância. Pra que levar tanta lataria? Vamos, se apressem!

Marques olhou para o céu. Felizmente o tempo estava firme. Seria bom se não chovesse durante toda a semana. Uma chuvarada alagaria as estradas e não poderiam caminhar depressa. Ou teriam que ficar estacionados. E havia uma necessidade urgente de se distanciarem dali. Ah, mesmo no caso de cair uma tempestade, ordenaria a partida. Aquela pobre gente não podia ser presa.

O pessoal se movimentava ligeiro. Uma a uma as barracas eram desarmadas, as lonas dobradas e postas sobre os lombos dos cavalos. Alguns gateiros se ocupavam dos animais. Era melancólico o aspecto daqueles pobres cavalos, que nunca haviam tido bons pastos. Mas eles também tinham sua missão na luta, e precisavam cumpri-la.

Marques, que entendia muito de animais, dava conselho aos homens:

– Amarrem a pata daquele alazão! Ela está machucada. E, por favor, não vão esquecer de dar água aos cavalos antes da gente ir.

Os homens respondiam que sim, sempre respondiam que sim ao velho Marques, porque ele era o guia e melhor do que qualquer outro sabia o que deviam fazer. O destino de todos estava em suas mãos. Até aquela data, ele havia sido um gateiro igual aos outros. Um pouco sisudão para um gateiro, mas igual aos outros. Agora tudo mudava de figura: era o chefe absoluto dos gateiros daquele acampamento.

As barracas já estavam quase todas desarmadas. Marques se agradou da presteza com que haviam obedecido às suas ordens. Se a fuga se processasse tão veloz como os preparativos, nunca os alcançariam. Mas lhe pareceu que nem todos estavam lá. Faltava alguém. Girou sobre os calcanhares, olhando ao redor de si. Ah, bem via que faltava alguém.

Romão vinha à frente, montado no Capenga. Acompanhava-o Lucas, Plutão, Miguel e mais um gateiro que Marques não conhecia.

– O que vocês estão fazendo? – perguntou Romão, alçando-se no lombo do cavalo para ter uma visão panorâmica do acampamento. – Estão de mudança pra onde?

Marques encarou Romão com seus pequeninos olhos pretos. Tinha receio de que ele começasse a falar e atrapalhasse a retirada. Se Romão não concordasse com ela, falaria até sustá-la. Marques o conhecia bem.

– Estamos nos retirando – explicou o velho, que abominava a palavra fuga. Fugir era um movimento desordenado. Retirar-se, não. E aquilo saía-se uma retirada perfeita. Quase uma manobra militar. – A Profilaxia começou. Acho que vocês já sabem o que isso quer dizer.

– Internação forçada – respondeu Miguel, na entonação dum colegial.

Marques riu, nervosamente.

– Profilaxia quer dizer mais do que isso. Pelo menos aqui. Mataram um sujeito lá na vila, esta manhã. E matarão mais, se a gente não se retirar incontinenti.

Romão apontou "seu" Mendes com o dedo.

— Este homem estava com o infeliz. Eu conheci ele muito bem. Chamava-se Quincas.

— Eu também conheci. Quem não conhecia o Quincas? Era o tipo mais popular das estradas – asseverou Marques, com admiração pelo extinto. – Tinha gente que andava dez léguas para ouvir suas anedotas. Contava cada uma! Nunca lhe contou aquela do padre que lia Bocage? – E sacudindo a cabeça, amargurado: – Ah, se eu contasse, vocês não achariam graça. Só o Quincas tinha jeito para isso. – Lembrando-se da retirada, disse, noutro tom de voz: – Os demônios logo estarão aqui. Querem seguir conosco?

— Pra onde vocês vão?

— Isso não sei – respondeu o patriarca, como se ofendido com a pergunta. – Só posso dizer é que vamos pro norte.

Os olhos de Miguel se avivaram com uma esperança.

— Não estão caçando a gente lá?

— Estão caçando no estado todo. Mas teremos mais segurança no norte.

— E como a gente vai viver?

— A princípio não mendigaremos – explicou o velho. – Vamos viver das nossas reservas. E quando as nossas reservas acabarem, já terá passado o perigo.

O otimismo do Marques encontrou eco no espírito de "seu" Mendes, que lhe perguntou, quase implorando uma resposta afirmativa:

— O senhor acha que o perigo passará?

— Não estou certo, mas tenho as minhas esperanças. A Profilaxia é uma obra muito cara e o Estado não terá dinheiro suficiente para ela. Sou capaz de apostar que dentro de três ou quatro meses já desistiram de tudo.

Romão curvou-se sobre o lombo do animal e disse que ele não ia apodrecer no norte do Estado. Ia para Minas. E começou a falar longamente da tal morena magra, das músicas tristes.

Marques, que não estava disposto a perder tempo com conversa fiada, afastou-se dos cavaleiros, bradando:

— Vamos, desmontem e arrumem suas coisas.

Já não havia uma só barraca de pé e a estranha caravana estava quase pronta para iniciar a incerta viagem. Ainda não eram onze horas; se partissem já, os gateiros teriam tempo de encontrar um bom lugar para acampar antes de anoitecer.

No meio dum grupinho, Marques respondia a um mundo de perguntas que lhe faziam. A maioria dos homens, ao menos aparentemente, conformava-se com tudo. As mulheres, porém, queriam saber direito para onde iam, quanto teriam de caminhar e se acampariam em lugar seguro. O patriarca procurava responder a tudo com clareza, mas nem sempre eram claras as respostas que dava. E nem podia ser de outra maneira. No íntimo, sentia o amargor da situação e uma misericórdia infinita por aquelas mulheres, mas a sua voz, a sua fisionomia e os seus gestos eram os dum homem forte, confiante e um pouco insensível também.

Romão e o filho desarmaram a barraca, dobraram a lona e meteram nas mochilas tudo que lhes pertencia. Na sua mochila, Lucas pôs algumas garrafas de aguardente. Na de Plutão, os talheres e os pratos. O bilboquê, o demente quis levá-lo na mão. Embora observasse atento aquele movimento todo, Plutão não tinha a menor consciência do que acontecia. Mas, de qualquer forma, devia sentir-se envolvido por aquela opressiva atmosfera de inquietação e temores.

***

Quando o sol se pôs, todos os gateiros já estavam prontos e o êxodo teve início. Era uma caravana estranha, patética e cômica de certo modo. Quase trezentas criaturas de ambos os sexos e de todas as idades montavam um número de cavalos e burros nada correspondente. Havia animal que carregava até três pessoas, sem falar das pesadas peças de lona, dos cobertores e utensílios a toda sorte. A cada passada, os panelões e frigideiras tiniam como sinos. Sim, era engraçada a caravana.

Alguns gateiros seguiam tremendamente aborrecidos. Certas velhotas, embrulhadas nos seus trapos rotos, choravam com espalhafato e proferiam pragas e maldições em diversas línguas e dialetos. Os alvos eram o governo e a sociedade. Outros gateiros cavalgavam indiferentes a tudo, apenas acompanhavam o séquito, enquanto alguns se preocupavam em ser prestativos para os companheiros, com uma solicitude que nunca haviam tido antes.

À frente de todos ia o velho Marques, com um chapelão de escoteiro enterrado na cabeça e suas polainas luzentes. Ele as escovara antes de partir. Olhava energicamente para diante, todo compenetrado da responsabilidade que tinha sobre os ombros. Os outros o seguiam como os soldados seguem o comandante. Subiram uma íngreme elevação e chegaram a um ponto onde a estrada se bifurcava sobre a planície silenciosa e ensolarada. Marques deteve-se, hesitante. Decidiu-se, afinal, pela bifurcação da direita e acenou aos companheiros que o acompanhassem.

O sol iluminava os campos áridos e extensos. Era aquele um cenário desolador que se perdia de vista. A natureza não fora nada pródiga com ele e o homem não se tentara a embelezá-lo com seu labor. Terra morta, para homens mortos.

O ar, prenhe de poeira, abafava e envolvia a caravana numa densa nuvem e com ela seguia numa perseguição odiosa e sem tréguas. Os homens cuspiam uma saliva escura e se assoavam grotescamente, sujando os dedos de uma gosma esverdeada que limpavam no lombo suado dos cavalos. As mulheres sacudiam as vastas cabeleiras e espancavam as coxas, sobre os vestidos cheios de remendos, para se livrar da poeira. A paciência era exclusiva das crianças, que não se importavam com nada. O principal para elas era que estavam montadas a cavalo e que aquele passeio ia ser maior do que já tinham feito.

Ainda pior do que a poeira era o sol, que todos os gateiros em comum odiavam. Os raios tórridos aqueciam-lhes o sangue, alteravam-lhes a cor do rosto e inchavam-lhes as orelhas, o nariz e as mãos. Caíam numa prostração infinda, pois a moléstia também caminhava com eles. O desejo de todos era o de se largarem à sombra duma árvore frondosa e beber um bom gole de água fresca. Mas a água que levavam nos cantis e nos baldes era morna e não havia árvores na planície.

Três horas depois do início do êxodo, Marques começou a sentir-se só, no seu posto de comando, e atrasou intencionalmente a marcha do cavalo para conversar com Romão e seus amigos, que vinham logo atrás.

— Você disse que conheceu o Quincas ? — perguntou a Romão, sem olhá-lo.

— Conheci, sim.

— Era um bom sujeito — disse o patriarca, saudoso. — Se ele estivesse aqui, garanto que o pessoal estaria mais alegre. O Quincas não podia ver os outros tristes. Tinha ódio da tristeza. Quantas vezes lhe dei cachaça, fumo e palhinha só para que me contasse uma anedota. Não que cobrasse o espetáculo. Isso, não. Mas eu sempre dava alguma coisa porque me sentia na obrigação de pagar pelas anedotas. — E continuou, comovido, a espremer o lóbulo da orelha direita: — Até os moradores da vila gostavam dele. Conheci um vendeiro que sempre dizia: "Não gosto desses doentes que pedem esmolas. Dão nojo. Mas do Quincas eu gosto. Ele é muito engraçado".

Lembrando-se do Quincas, o velho Marques sorriu, tristemente. Era muito engraçado Quincas, mas a sua carcaça estava na vila, apodrecendo ao sol, sem despertar a compaixão de ninguém. Ou, quem sabe, vendo o seu corpo morto, o povo ainda se risse. Sacudiu a cabeça, negando-se a compreender o que acontecera ao pobre homem. O lóbulo da orelha já estava inchado de tanto ser espremido. Depois, olhou para trás, demorando o olhar sobre a caravana que o acompanhava.

— Uma mulher está passando mal — disse. — Não sei se chega ao fim da retirada.

— Que mulher é essa?

— A mulher do Pedro Pede-Pede. Conhece ela?

Às vezes a caravana interrompia a lenta marcha por alguns momentos. Era que alguém estava com dor de barriga e precisava correr para o mato. Outras vezes, era uma criança que caía do cavalo, e toda a caravana tinha de parar por causa dela. Por isso movia vagarosamente e, naquele ritmo, levaria semanas para chegar ao norte do estado. Nesse espaço de tempo muita coisa poderia acontecer. Os carros andam mais depressa do que os cavalos. Embora não comentasse os perigos, Marques não os ignorava. Sabia que muita coisa poderia acontecer.

A mulher de Pedro, sentada num burrico, com ambas as pernas do lado direito, estava entre a vida e a morte. Todos sabiam que o seu estado era grave. Ela também sabia. Mas não se lamentava, e fazia um esforço enorme para sorrir ao marido e aos filhos.

— Como vai a coisa? — Pedro, de quando em quando, perguntava.

Ela não respondia nada: tinha os lábios presos e a boca ressecada demais para falar, mas␣sorria, como se quisesse dizer que tudo estava bem. Era mentira, todos sabiam, inclusive o marido. Ele, no entanto, procurava acreditar que tudo estava bem, e dizia aos outros:

— Veem? Minha mulher está melhor. Graças a Deus, vai ficar boa.

E todos fingiam que acreditavam.

À certa altura da marcha, um dos gateiros improvisou uma toada e começou a cantar. Os outros cantaram também. Ajudava a passar o tempo e dava rumo aos sentimentos gerais. O estribilho era assim:

> Não vou nem amarrado
> Pra gafaria
> Não visto camisolão
> Na gafaria
> Não pego no enxadão
> Na gafaria.
>
> Não vou nem amarrado
> Não vou nem amarrado.

É uma bela música! — exclamou Marques. Ele, porém, não cantava, talvez porque não ficasse bem a um condutor do povo.

Às três horas da tarde, a caravana estacionou um pouco para que os animais e o pessoal pudessem descansar. As crianças, avermelhadas, atiravam-se sobre a barba-de-bode. O passeio já se tornava demasiadamente cansativo para elas. As mulheres sentavam-se, aos grupinhos, e punham-se a conversar. Outras apenas se abanavam, com as pontas das saias. A maioria das mulheres já se mostrava pessimista porque ninguém sabia o ponto exato para onde a caravana se dirigia. Os homens eram os mais calados, mas os velhos, com as mãos em concha, nos ouvidos, pediam insistentemente que explicassem o que vinha a ser a Profilaxia. Não havia palavras que fossem claras para eles. Depois duma explicação, sempre perguntavam "por quê?" e, quando lhes repetiam a explicação, tornavam a fazer a mesma pergunta.

Enquanto descansavam, alguns gateiros discutiam. O sossego abria brechas para o raciocínio.

– Se a gente não andar depressa, acontece o que aconteceu ao Quincas. Não podemos parar muito tempo.

– O Quincas morreu porque quis. Se não tivesse resistido, não morria.

– Acho que ele fez muito bem. O Quincas não era homem pra viver preso num Asilo. Eu faria o mesmo.

– Pois continuo a dizer que ele fez mal. Pior do que estar no Asilo é estar morto. No Asilo, com o tempo, ele se conformava.

– Você está enganado. O Quincas podia ficar quieto. Podia voltar a contar suas anedotas. Mas se conformar, nunca.

Outros se aproximavam, com novos argumentos.

– O Quincas está melhor do que nós.

– Espere lá! Eu não quero morrer. Prefiro ir pro Asilo.

– Então, vá!

– Sozinho não vou.

– Por que não? Os inspetores não atiram nos que se entregam.

– Quer ir comigo? Se você for, eu vou.

– Veja! O Marques está chamando a gente. Vai continuar a retirada.

***

À noite a caravana chegou a um grande campo aberto, muito distante dos povoados. Ótimo lugar para se erguer um acampamento. Porém, mesmo se o lugar não fosse bom, os gateiros teriam de se arrumar de qualquer jeito, porque todos estavam cansados e a mulher do Pedro não passava bem. Agora não sorria mais e o seu rosto estava cor de cera. Seria uma crueldade não permitirem que repousasse.

A um sinal de Marques, o pessoal desceu dos animais e tratou de armar as barracas o mais depressa possível.

Um córrego, nascido dumas pedras enormes e escuras, corria através da planície. Felizmente, os gateiros podiam dar de beber aos animais e saciar a própria sede. Atiraram-se às margens do córrego para beber e depois lavaram os braços e as pernas na água.

Marques foi o único que não se atirou no chão para beber. Jogou fora a água do cantil, encheu-o de água fresca e levou-o à boca. Talvez estivesse tão cansado como os demais, pois era homem velho, mas fazia questão fechada de não demonstrar o cansaço. Ninguém, no entanto, estava mais satisfeito do que ele por terem encontrado o córrego.

— Agora vamos aprontar a comida — disse aos que o cercavam.

Pequenas fogueiras foram acesas ao mesmo tempo. Velhos e enormes caldeirões começaram a desprender o cheiro do feijão e da carne. Era um cheiro azedo, enjoativo e pesado, mas tanta era a fome geral que ele parecia delicioso a todos. Os gateiros permaneciam impacientes, ao redor dos caldeirões, à espera de que a comida ficasse pronta.

Marques, de grupinho a grupinho, ia advertindo os gateiros com brandura:

— Economizem os alimentos. Lembrem que não podemos comprar nada nos povoados.

Por fim, ele também sentou para descansar e alisou as pernas, que ardiam. Fazia tempo que não se cansava tanto. O corpo todo lhe doía, e a cabeça ainda mais, mas o espírito estava em paz. Conseguira conduzir aquela gente para um bom lugar, e aquilo era importante. Mas aquele não era o ponto final da jornada. Olhou o acampamento iluminado pelas fogueiras. Os gateiros estavam todos mudos, com as expressões fatigadas. Marques temia que perdessem a coragem, por isso não se permitia o descanso: era preciso estar sempre junto deles para animá-los. Aquela era uma batalha como outra qualquer e precisava ser ganha. Quando soldado, servira anos e anos nos quartéis sob o comando de outros e comandando também, mas nunca tivera a sorte de participar duma batalha. Ao cair naquela vida miserável, julgava encerrada sua carreira militar. Fora engano. Continuava soldado e estava em luta. E podia, finalmente, gozar da felicidade do comando.

Ao redor duma pequena fogueira, Lucas e seus amigos esperavam que a comida ficasse pronta. Romão era o cozinheiro. Subitamente, começaram a comer com voracidade. Mas bastaram algumas colheradas para que sentissem o verdadeiro gosto do feijão: deixaram os pratos de lado, ainda cheios, e estenderam-se na relva, sob o céu nublado.

"Seu" Mendes despiu o sobretudo burguês e deitou-se sobre ele, procurando conforto. Os outros olhavam-no como quem olha a um afortunado.

— Onde o senhor arranjou o sobretudo? — quis saber Romão.

— Comprei.

— Deve ter custado caro pra burro!

— Custou um dinheirão — confirmou "seu" Mendes. — Mas naquele tempo eu tinha dinheiro para gastar. Minha casa era a melhor do bairro.

— Perdeu tudo?

— Ainda não perdi o sobretudo — respondeu "seu" Mendes com um sorriso amargo. — E querem saber de uma coisa? Tenho esperanças de recuperar tudo que perdi. Sou um homem de fé.

Romão desinteressou-se; todos os seus interesses eram passageiros. Empunhou o violino e fez o arco correr sobre a corda. Guardou o instrumento, sem vontade de tocar. Além disso, havia gente passando mal no acampamento.

Plutão jogava o bilboquê. Miguel olhava com malícia um grupo de mulheres deitadas no mato. Vivia atormentado pelo desejo. Lucas afastara-se um pouco para entregar-se melhor aos seus pensamentos.

A alguma distância, um homem da religião batista lia em voz alta alguns trechos da Bíblia para uma dúzia de gateiros. Depois, fechou a Bíblia e principiou a fazer uma pregação ardorosa. Falava da viagem que o povo escolhido havia feito através do deserto para Canaã. Falava do facho de luz que os guiava durante a noite. E falava do maná que caía do céu. Dezenas de gateiros o rodearam para ouvir o sermão, uns reverentes, outros apenas curiosos e outros ainda com algum enfado.

Um gateiro se aproximou às pressas de Lucas e dos demais.

— Precisamos de vocês — disse, atarantado.

— O que aconteceu?

— A mulher do Pedro não se mexe. Acho que morreu.

Lucas e os outros levantaram-se e correram para a barraca do Pedro. A mulher estava estirada numa esteira rota. Havia sulcos verdes e profundos nas suas faces e os lábios estavam contraídos e pretos. As mãos, crispadas.

Pedro cravou os olhos pequeninos de coelho no velho Lucas.

— Será que ela morreu?

Lucas ajoelhou-se ao lado dela, sob o olhar aflito do marido, e tomou-lhe o pulso magro e gelado. Examinou, em seguida, o coração da mulher.

— Ela está morta, sim.

Pedro não acreditou e os seus dois filhos também não acreditaram.

— Faz quinze minutos que ela falou comigo. Me garantiu que amanhã a gente poderia continuar a fuga. Estava contente, até. — E como Lucas não se baixasse para novo exame, ele próprio tomou-lhe o pulso e encostou a cabeça no peito do cadáver, para escutar o coração. A todos Pedro pedia que fizessem o mesmo. E os gateiros ajoelhavam-se ao lado da mulher, tomavam-lhe o pulso e escutavam-lhe o coração, como se realmente tivessem dúvidas.

Algumas horas depois, começou-se a cogitar do sepultamento. Marques prometeu ao viúvo que mandaria aquela noite mesmo fazer uma cruz para ser plantada sobre a sepultura. Uma cruz simples, como a dum soldado, mas uma cruz. Era uma formalidade que ele julgava indispensável.

Pedro protestou vivamente.

— Vamos esperar! Quem sabe ela não está morta. Pode ser que foi apenas um ataque.

Todos concordaram com a espera.

Só muitas horas depois é que Pedro acreditou na realidade da morte.

— Vamos enterrar ela, mas não fica bem com esses trapos.

Lucas ofereceu um lençol ao viúvo.

Alguns gateiros cavaram a terra, que era fofa e quase não oferecia resistência às enxadas. Abriram uma enorme cratera em pouco tempo. Lucas e Romão foram buscar o corpo e, com todo o cuidado, colocaram-no dentro da cova. Todo o pessoal do acampamento estava ao redor, silencioso e reverente.

A um sinal de Marques, que dirigia o sepultamento, cada gateiro apanhou um punhado de terra e lançou dentro da cova. Pedro, com os olhos esgazeados, olhava-os como se tivessem fazendo uma ação condenável, e eles ficaram envergonhados de estar fazendo aquilo. Antes da cova estar inteiramente fechada, um homem calvo, mas de mãos e braços cabeludos, o batista que lia a Bíblia, iniciou uma oração. Era uma oração comprida e hesitante, que todos ouviam com o maior respeito. Repetidas vezes, dizia: "Ela irá para o céu, porque muito sofreu". O resto quase não se entendia. Pedro também olhava o batista como se ele estivesse praticando uma ação condenável e, em certo momento, o homem pareceu envergonhado por estar orando, mas não parou, e a oração durou quase uma hora.

Terminada a reza, quando a cova já estava fechada, os gateiros, um a um, afastaram-se dali. Fora aquele um mau fim de dia: queriam descansar, dormir, esquecer. Todos foram para as suas barracas, menos Pedro e seus dois filhos. Permaneceram ali até que amanhecesse.

***

No dia seguinte, os gateiros continuaram a retirada. Nesse dia, o sol não os castigou muito, porque o céu esteve nublado, mas o receio da chuva foi pior do que o calor poderia ter sido. À tarde, descansaram numa fazenda aparentemente abandonada e chuparam laranjas à vontade; não puderam, porém, parar muito tempo porque aquelas terras poderiam ter dono. Foram adiante, sempre com o receio da chuva, a olhar o céu cor de cobre, onde as nuvens se amontoavam como espessos e felpudos cobertores. Marques, confiante, garantia que não choveria aquele dia nem no dia seguinte. Ele conhecia perfeitamente o tempo.

À noite, acamparam às margens dum riacho de águas lodosas e cobertas de insetos. Marques advertiu os gateiros de que não bebessem daquela água. Relampejou a noite toda. Dava até medo ver os relâmpagos coriscarem o céu, apunhalando traiçoeiramente as nuvens. Todos estavam certos de que ia desabar um temporal furioso, mas isso não aconteceu. Marques acertara ao garantir que não choveria. Ainda bem que tinham um guia, e um guia sabido como ele.

O terceiro dia do êxodo foi um dia de ventos fortes e malignos. Levantava-se do chão uma densa poeira que penetrava em tudo. A boca dos retirantes ficava logo seca e eles precisavam beber água a todo momento. Os olhos inchavam de tanta poeira que recebiam. O vento era um inimigo contra o qual não havia defesa. Tinham todos de cavalgar com a cabeça baixa, protegidos pela cabeça dos animais. O próprio Marques era obrigado a descer um pouco da sua dignidade, cobrir os olhos com as mãos e proteger-se atrás da cabeça do cavalo, como os outros faziam. Não havia um só lugar onde pudessem abrigar-se do vento. Se houvesse arvoredo ou montanhas, tudo estaria bem, mas os campos eram abertos e desnudos, e toda a poeira do mundo parecia se concentrar ali. Quando paravam para alguma necessidade, as crianças se divertiam desenhando arabescos e caretas na areia que revestia a crosta da terra. Mas a ventania impiedosamente desmanchava os arabescos e as caretas, e elas tinham que fazer outras, nos intervalos sistemáticos das rajadas, e os gateiros sentiam-se sufocados. Desde que se iniciara o êxodo, tinham as faces salientes e arroxeadas, as mãos amortecidas pelo calor e pelo atrito das rédeas, e os olhos sempre congestionados. Três dias no lombo dos cavalos eram muita coisa para eles. Mas aquela mesma distância, que lhes parecia tão grande, os carros da Profilaxia poderiam vencer em algumas horas apenas. Marques sabia disso, e disso não esquecia um só momento. Por isso não permitia longos descansos à caravana nem aprovava o otimismo excessivo de alguns.

No quarto dia, enfim, choveu. Mas não era o temporal que se esperava: caía do céu uma chuvinha fina, indiferente e gelada, que prometia durar muitos dias. Os gateiros cavalgavam assim mesmo. As mulheres e as crianças espirravam. Os homens tossiam bruscamente. Um ou outro, já gripado, tinha febre, mas a retirada, embora em ritmo menos acelerado, prosseguia. Aquela noite precisaram forrar as barracas para dormir, mas a água, em enxurrada, em quase todas elas encontrou uma brecha por onde penetrar. Dormiram sobre a umidade mesmo, a ouvir o barulho contínuo da chuva sobre a lona. Quando acordaram, pela manhã, os campos todos estavam alagados, a estrada parecia um rio e ainda chovia.

– Vamos pra frente, amigos – disse o velho Marques, espremendo o lóbulo da orelha. – Esta chuva é daquelas que duram uma semana. Conheço o tempo.

Novamente o Marques acertou. Choveu cinco dias a fio, com intervalos pequenos. Era uma chuva que não assustava, mas irritava. Preferível, mil vezes, um temporal breve e destruidor. Mas, contra a umidade, o frio e o desânimo, havia o antídoto eficiente da cachaça. Os retirantes bebiam demais e, quando chegavam à embriaguez, suportavam a chuva de muito bom humor. As maiores vítimas eram sempre as mulheres, que não abusavam do álcool e não esqueciam a realidade da chuva e da situação. Mas não pensavam nelas próprias e sim nos filhos, que não tinham agasalho.

Marques continuava à frente da caravana, sempre à frente, conduzindo os retirantes com a cabeça empinada, o busto saliente e os olhos firmes, na sua habitual postura de soldado. Andava satisfeito com a coragem daquela gente. Não esperava que ela resistisse com tanta resignação à hostilidade das intempéries. Agora já estavam bastante afastados da capital. Nove dias de caminhada e uns trezentos quilômetros vencidos. Assim que encontrassem um bom lugar, acampariam por algum tempo, num intervalo para nova arrancada.

No décimo quarto dia da fuga, os gateiros chegaram a um extenso campo, próximo dum riacho, e o Marques resolveu que se acampasse ali, até que soubessem de alguma notícia a respeito da Profilaxia. Quatorze dias e nenhum carro sanitário pela frente. Era sintomático! Podia ser que o governo já desistira da internação forçada dos gateiros.

— Vamos ficar aqui por algum tempo — decidiu o patriarca. — Mas se houver qualquer novidade, partiremos no mesmo instante.

***

A indiferença com que a maioria dos gateiros empreendiam a fuga cedeu lugar a um entusiasmo novo no dia em que se manifestaram os primeiros derrotistas. Três ou quatro deles, em grupinhos diversos, foram francos em confessar o desejo de se internarem espontaneamente. Diziam que não era possível viver sem as esmolas e que não tardaria a estarem passando fome. Cada dia comia-se menos. A reação foi intensa e tão ardente que os derrotistas logo se calaram, mas o acampamento todo ficou sabendo que eles existiam e que talvez se multiplicassem.

Marques reuniu os gateiros mais sensatos e disse com energia:

— Não deem ouvido a esses que preferem a internação. — Temos direito à liberdade e vamos lutar por ela. — E iniciando um pequeno discurso, asseverou: — A liberdade é como o ar, e sem ela a gente morre sufocada.

Esta última frase foi ouvida com deleite e todos a repetiram durante muitos dias. Marques sabia dizer belas frases.

Quando as reservas de alimento terminaram, os gateiros que se achavam em bom estado foram aos povoados mais próximos e compraram tudo o que precisavam. Não morreriam de fome enquanto tivessem dinheiro. E ainda tinham o bastante para algumas semanas.

Passados quinze dias, alguns gateiros, encorajados com a tranquilidade daqueles dias, arriscaram-se a mendigar numa das vilas dos arredores. Voltaram triunfantes, com os bolsos cheios de moedas.

– Viram? – diziam, satisfeitos. – Tudo continua como antes. A Profilaxia deve ter acabado.

A vida dos gateiros regularizou-se outra vez. Todas as manhãs, pequenos grupos deixavam o acampamento e iam esmolar nos povoados circunvizinhos. Voltavam sempre com dinheiro. À noite, bebiam e cantavam suas canções. Não se sentiam mais um bando de fugitivos. Eram os donos daquelas terras.

***

Um mês depois que os gateiros haviam acampado ali, Marques reuniu ao redor duma fogueira uma espécie de conselho e fez uma comunicação solene: ia voltar ao lugar donde tinham vindo a fim de saber se a Profilaxia gorara ou não. Ainda devia haver gateiros por lá. Se por acaso não encontrasse nenhum informante, penetraria no Asilo e conversaria com os internados. Reconhecia o perigo da missão, mas o pessoal não podia continuar naquela torturante incerteza.

– Não faça isso, "seu" Marques – advertiram. – é uma grande loucura.

– Preciso ir – respondeu o velho, espremendo com insistência o lóbulo da orelha. – As mulheres preferem voltar pro lugar donde a gente veio. A vida lá era mais fácil. Os habitantes destes lugarejos são gente boa, mas muito pobre. Nada como esmolar nos arredores da Capital.

– Faça o que entender, "seu" Marques, mas se acontecer alguma coisa como vamos nos arranjar? Estamos acostumados a receber ordens do senhor.

O velho sorriu, desajeitado, e afastou-se nos seus passos bem medidos. Ninguém o perseguiu para dissuadi-lo do seu intento. Quando Marques tomava uma resolução, não a mudava mais. Havia sido soldado.

No dia seguinte, logo que o sol nasceu, Marques saltou no lombo do cavalo.

– Não vá, "seu" Marques – pediram-lhe, ainda, as mulheres.

– Não tenham receio – tranquilizou-as o patriarca. – Volto depressa. Mas, se dentro de oito dias não voltar, sigam em frente. – E chicoteou o animal, desaparecendo na primeira curva da estrada.

As mulheres se reuniram e ficaram prevendo um mau fim para o velho. Era que elas, assim como os gateiros, estimavam-no muito e reconheciam o quanto lhe deviam desde o início daquela longa retirada. Os homens elogiavam o gesto do Marques, mas se referiam a ele como a um herói morto. E as crianças aborreciam os pais para saber onde fora o "vovô".

No segundo dia, cresceu no acampamento a lamentação das mulheres. Algumas choravam.

– Calem a boca! – berravam os homens. – Vocês só servem pra dar azar.

Os homens, porém, se deixaram arrastar pelo pessimismo das mulheres. Não vencera ainda, e estava longe de vencer o prazo de volta, estipulado pelo chefe, mas todos achavam que ele tardava.

– Deve ter acontecido alguma desgraça, senão ele já estava de volta. O homem é um relâmpago no cavalo.

Mas as mulheres agora tinham boas palavras:

– Vocês esquecem que a caminhada é longa? A gente demorou quatorze dias pra fazer ela.

Passaram o segundo, o terceiro e o quarto dia, e nada do Marques voltar. À noite do quinto dia, os gateiros todos se reuniram ao redor duma viva fogueira e só se falava do velho. Alguns lhe censuravam o gesto:

– Ele não devia ter arriscado. Quis bancar o valente e se estrepou todo.

Mas a maioria ainda confiava na volta do Marques:

– Ele volta, sim. Conheço esse velho. É homem de fibra.

E as mulheres acrescentavam:

– Deus velará por ele.

A ausência do Marques era propícia ao crescimento do derrotismo que se alastrava no acampamento como as ervas daninhas no campo sem hortelão. Muitos retirantes já se mostravam francamente favoráveis à capitulação. "É uma loucura", diziam, "a gente se enfiar no mato quando tem um Asilo pra abrigar todos nós". E apontavam com os dedos chagados na direção do sul, onde os núcleos de isolamento se instalavam. Os partidários da fuga não discutiam, e largavam-se debaixo das árvores, traçando na terra figuras grotescas e pornográficas, como fazem as crianças. As mulheres rodeavam os derrotistas, dando ouvido a tudo que diziam. Elas pensavam e agiam fiéis à sua segurança e à segurança dos filhos e só nela viam dignidade. Se o mais sensato fosse a internação, iriam para o Asilo. Mas não tomariam nenhuma atitude enquanto Marques não voltasse ou que não se soubesse do seu paradeiro.

No sétimo dia, quando todos já dormiam nas barracas, ouviu-se um tropel de cavalo. Logo em seguida, uma voz rouca e entusiasmada anunciou:

– O Marques está de volta!

Os homens, as mulheres, os velhos e as crianças deixaram apressados e ansiosos as barracas. Alguns saíram em trajes menores. Até mesmo os que tinham febre se levantaram para ver e ouvir o patriarca. Ele trazia novidades. E o destino de todos estava nas suas mãos.

Marques desceu do cavalo e aproximou-se da fogueira, ainda acesa. Sentou-se diante dela, sobre uma pedra. Os olhos dele pareciam os olhos dum morto, a boca contraída e sem expressão e os gestos lentos e desordenados. Não era mais o mesmo, e do soldado pouco nele restava.

Quase trezentas pessoas rodearam o Marques, e todos previam que não eram boas as notícias que trazia. O velho não dizia uma palavra, sem ao menos a coragem de encarar os companheiros. Mas era preciso falar. O silêncio daquela gente o exigia.

– Algum de vocês conheceu o Ruivo? – perguntou, fatigado. E pela primeira vez, desde que chegara, olhou ao redor.

Muitos responderam que sim: o Ruivo vivera com eles no mesmo acampamento.

– Antes de chegar a Mogi das Cruzes, encontrei o Ruivo, que vinha pela estrada, a pé, com as mãos no bolso e a cabeça abaixada. Quando me viu, correu na minha direção, todo satisfeito. Fazia tempo que não via um amigo.

"– Não esperava encontrar você por estas bandas!" – disse ele. "– Como vai a vida?"

"– Muito bem" – respondi. "– Estou com mais de duzentos gateiros acampados pra lá de Cabreúva. O lugar não é bom, mas logo que a Profilaxia acabar, voltamos."

"– Mas você não sabe o que tem acontecido por aqui?"

"– Como não sei? Mataram o Quincas, o contador de anedotas."

"– Isso já é velho, homem. Pergunto se sabe o que aconteceu outro dia?"

"– Não sei de nada."

"– Então, vá escutando: nós tinha um acampamento erguido aí no matagal. Decerto você lembra. Quando a gente ouviu dizer que iam nos caçar, não ligou. Sempre se falou nessa caçada e nunca se fazia ela. Aí chegou um tal Silvério, acompanhado duns amigos, e quis convencer o pessoal para se internar. Ninguém quis ir. Com o tempo, Silvério não falou mais disso. Começou a jogar dados e cartas e, em três dias, limpou os bolsos de todos. Nunca vi cara de tanta sorte! Quando nós estava sem vintém, desapareceu com os amigos. Um dia depois, veio os carros da Profilaxia. Nem sei direito quantos eram. Apareceu um de cada lado, e os gateiros não puderam escapar. As mulheres, descabeladas, gritavam e choravam ao mesmo tempo. Os homens não sabiam o que fazer. E as crianças choravam como as mães."

"– Vão entrando nos carros – ordenaram os inspetores. Quando todos já tinham entrado, menos eu, que me escondera atrás duma pedra, os inspetores foram vasculhar as barracas. Outros se encarregaram dos cavalos. Depois de vasculhado tudo, tocaram fogo nas barracas."

"– Foi só você que escapou?"

"– O Motta e a filharada também. Eles não moravam no acampamento, junto dos outros. Moravam numa casinha de madeira, perto do rio."

"– Ainda estão lá?"

"– Espere" – disse o Ruivo "– vou contar tudo que aconteceu. Logo que escapei dos inspetores, corri pra casa do Motta. Bati na porta."

"– O que você quer aqui?" – perguntou o Motta, abrindo a porta. Ele não gosta de visitas, não gosta de ninguém. Toda a amizade dele é para os filhos.

Contei tudo pra ele, e aconselhei:

"– Acho melhor você sumir daqui."

O Motta riu feito um diabo.

"– Ninguém vai fugir – respondeu. – Esta casa é minha e dos meus filhos. Foi construída por nós e não vamos abandonar ela assim."

"– Pense bem – insisti. – Os inspetores não estão pra brincadeira."

"– Nem eu estou."

"E bateu a porta na minha cara. Sumi. Mas eu estava curioso pra ver como aquilo ia acabar. E não precisei esperar muito. No sábado, duas jardineiras apareceu lá. Um inspetor saiu do carro e foi subindo a estrada que dá pra casa do Motta. De repente, ouvi um tiro e o inspetor voltou correndo para junto dos outros."

"– Comecem a atirar!" – bradou aos companheiros.

O Motta e a filharada resistiram. Foi uma resistência dos machos. Acho que o tiroteio durou quase meia hora. Pude ver como as jardineiras ficaram: pareciam duas peneiras. Dois inspetores levaram bala. Quando o segundo caiu, entraram nos carros e foram embora. E o Motta e os filhos ainda estão lá na casa. E não sairão de lá a não ser que matem eles. Nunca vi homens como aqueles.

Aí perguntei ao Ruivo:

"– E você, o que vai fazer?"

O Ruivo desviou o olhar, meio envergonhado. Enterrou as mãos nos bolsos.

"– Vou me internar."

"– Você está louco!"

"– Não estou louco, não. Estou com medo. Medo de levar um tiro nas fuças como aconteceu com o Quincas. Só um tipo de muita fibra como o Motta é capaz de resistir. Mas não sou igual a ele. Gostava de ser, mas não sou. E o pessoal das vilas já não dá mais esmolas. Acha que tenho de morrer de fome?"

"– Então você vai mesmo?"

"– Vou – respondeu o Ruivo, desanimado. – Quer vir comigo?"

"– Não – respondi. – Não me renderei nunca."

Os gateiros continuaram em silêncio. Era um silêncio incômodo e amargo para todos porque seria precedido por uma confusão geral que todos adivinhavam. Marques não dizia nada. As que falaram primeiro foram as mulheres. Eram sempre elas que tomavam a iniciativa das discussões.

– Devemos fazer o que o Ruivo fez – disseram com desassombro. – Não adianta nada a gente se enterrar no mato porque os inspetores vêm atrás. Podemos levar um tiro como o Quincas. Vamos fazer o que o Ruivo fez.

O velho Marques, a espremer o lóbulo da orelha, olhava para elas, desolado. Seus olhos haviam perdido o brilho antigo e não saberia mais influir na vontade daquela gente. Eles – os gateiros todos – estavam com medo, e o medo daquele momento em diante passaria a ser o condutor do povo. Não havia mais patriarca.

– Vamos esperar mais um pouco – disse o velho, num esforço máximo.
– Esperar o quê? Esperar que nos matem? – manifestaram-se os derrotistas, sem o pudor da covardia.

Marques, com o corpo em abandono, seguia tristemente o curso das línguas de fogo que se desprendiam dos troncos semicarbonizados.

– Deus há de proteger a gente – disse.

Era a primeira vez que ele falava em Deus, o que significava que perdera toda a confiança em si: tudo, pois, estava perdido.

Os derrotistas, então, começaram a falar. Falavam às pressas, aos arrancos, enchendo o silêncio de palavras. Alguns olhavam o velho Marques como se ele fosse culpado de tudo e ele próprio os olhava como se de fato tivesse culpa de alguma coisa. Espremia calado o lóbulo da orelha, imaginando se havia palavras capazes de restituir o ânimo àquela gente. Não encontrava palavra alguma. Quem comandava os gateiros já não era ele, era o medo.

– Não quero levar um tiro nos cornos – dizia o Pede-Pede, que raramente se manifestava. – Gosto de ser livre, mas gosto ainda mais de estar vivo.

A voz do Pedro era a voz geral, uma voz que crescia, acusativa e rouquenha, exprimindo estados de espírito, não ideias. Os minutos corriam velozmente e os gateiros continuavam a enumerar os perigos e as desvantagens da fuga, mas nenhum deles falava em tomar a iniciativa da capitulação. Assim como houvera quem os comandara na retirada, precisavam de alguém que os comandasse na marcha para o Asilo. Quem iria na frente? Ninguém se apresentava. Romão examinava as condições do Capenga, mas para ir para Minas. Ele e os seus amigos tinham um destino definido. Faltava um chefe aos gateiros, um guia. O único meio de arranjarem um seria convencerem o velho Marques a se entregar também.

– Vamos fazer o que o Ruivo fez. – disseram-lhe. – Iremos todos juntos. O senhor vai na frente.

— Não contem comigo — respondeu Marques. — Não contem comigo, ouviram? — berrou.

As vozes se calaram. A resistência do Marques desanimava os derrotistas. E todos sabiam que ele não mudaria de atitude. O seu berro ainda soava nos ouvidos de todos: "Não contem comigo, ouviram?" Pedro Pede-Pede encolheu-se todo. Arrependia-se de ter se manifestado, mas não pudera evitar. A ideia de ser varado por uma bala o aterrorizava. E todos estavam como ele, aterrorizados, envergonhados, deprimidos.

Um a um, os gateiros começaram a retirar-se para as suas tendas. Iam de cabeça baixa, humilhados. Faziam conjeturas desastrosas sobre a resistência a que Marques os obrigava com o seu silêncio. Intimamente, quase todos os odiavam e a sua coragem se tornava um insulto aos olhos deles. Mas tinham secretas esperanças de que entre eles surgisse um líder da capitulação. Deveria haver um: era que ainda não se manifestara.

Todos já tinham ido deitar, inclusive Romão e Lucas, que pouca importância davam ao que o pessoal pretendesse fazer. De qualquer maneira, iriam para Minas. O único que ficou fora das barras foi o velho Marques. Ele não tinha sono.

***

Havia dias em que "seu" Mendes sentia-se tão torturado pelas lembranças do passado, que não suportava a presença de ninguém. Afastava-se do acampamento e ia vagar pelos campos. Às vezes, estirava-se no mato e dormia. Foi o que ele fez certa noite. Dormiu pesadamente e só acordou na manhã seguinte. Ao voltar para o acampamento, percebeu, à distância, um movimento desusado entre os gateiros. Uns se abraçavam, ruidosamente. Outros bradavam com entusiasmo. E todos procuravam se reunir num único grupo. A julgar pela alegria geral, deveria ter chegado alguma boa notícia. Quem sabe acabara a Profilaxia? Empolgado por esta esperança, "seu" Mendes apertou o passo. Antes de chegar ao grupo, encontrou um amigo, que também se dirigia para lá, e perguntou:

— O que está acontecendo?

O gateiro olhou-o com espanto.

– O senhor não sabe? Onde é que tem andado?

– Fui esmolar na vila – respondeu "seu" Mendes, sem prazer na mentira. – Mas o que aconteceu? Diga.

– Frei Sérgio chegou.

– Não conheço.

A ignorância do "seu" Mendes irritou o companheiro.

– Não conhece ele? É o tal que cura a doença com ervas do mato. Até os jornais já falaram do frei e estamparam o retrato dele.

– Mas será que o frei não vai embrulhar a gente, como muitos têm feito?

O outro não gostou da suposição, e respondeu enfezado:

– Escute aqui, amigo: eu sei que tem aparecido muitos embrulhões no Asilo e nas estradas. Espíritas, índios e até médicos. Um deles me mandou comer terra. Outro me enterrou no lodo até o pescoço. Outro me passou uma tinta no corpo que durou mais dum mês pra sair. Mas este é diferente, ele é um frei, e cura mesmo. Saiu o retrato dele nos jornais.

"Seu" Mendes não quis ouvir mais nada. Entrou no grupo e foi acotovelando e empurrando os que lhe estavam na frente, até chegar bem próximo do frei. À primeira vista, o curador o decepcionou um pouco: imaginara-o um serafim rechonchudo, de olhares angelicais e maneiras ternas, o que em absoluto o frei não era. Alto, duma magreza rija, cor bronzeada e lustrosa, olhar firme e penetrante, mais parecia um garimpeiro acostumado a uma vida rude e incerta. Vestia uma batina preta, um pouco diferente das batinas comuns, e na cabeça tinha um chapéu enterrado. Sua linguagem era simples e plebeia, mas valorizada pela eloquência.

"Seu" Mendes tirou reverentemente o chapéu.

O frei dizia que só depois de muitos anos de procura nas selvas brasileiras conseguira encontrar a erva miraculosa. Com ela já curara muitos doentes. Dezenas. Era necessário, porém, que o paciente tivesse fé no tratamento e em Deus para obter a cura. Os descrentes, por mais que abusassem do chá, jamais se curariam. O mesmo dizia dos que, embora tivessem fé, não levavam uma vida pura. Os gateiros precisariam limpar a alma dos pecados e o corpo também, evitando a carne, as comidas apimentadas e sobretudo o álcool.

A maioria se aborreceu com a história da dieta, mas já que todos queriam curar-se, teriam que sujeitar-se rigorosamente a ela. Foi o que no mesmo instante juraram fazer.

Um velhinho curvado, de cabelos ralos e brancos, aproximou-se do frei, tremulando, e perguntou se apenas os católicos e romanos ficariam curados. Ele professava a religião de Lutero. O frei respondeu que a religião não importava: o que estava acima de tudo era a fé em Deus e no tratamento. O velhinho, satisfeito com a resposta, afastou-se do frei, fazendo desajeitadamente o sinal da cruz. Os outros se riram, mas o olhar que o frei lhe lançou era de admiração e piedade.

Depois de responder a todas as perguntas que os gateiros fizeram, o frei montou no seu burrico e desapareceu na estrada, a caminho da sua tenda, armada a alguma distância do acampamento. Atrás dele ficou a crença e a felicidade da crença. Aqueles homens, que pouco antes estavam largados e desiludidos, erguiam-se do seu abandono e, endireitando-se, contavam os milagres que a fé já realizara através dos tempos. Até os gateiros mais atacados pelo mal pareciam esperançosos. Os únicos que se conservavam incrédulos eram Lucas e o velho Marques. O último, numa roda de gateiros, dizia:

— O frei pode estar enganado, mas de qualquer maneira serviu para reerguer o ânimo desta gente. Agora poderíamos enfrentar até um exército.

Na manhã seguinte, "seu" Mendes foi o primeiro a levantar-se, ansioso por iniciar o tratamento. Logo, porém, todos os gateiros já estavam em pé: aquele seria um dia memorável.

Ainda tomavam café, quando o frei apareceu imponentemente montado no burrico. Trazia consigo dois sacos de erva. Acompanhado pelos gateiros, que tinham ido saudá-lo, dirigiu-se, montado, ao centro do acampamento, e ordenou que se acendesse uma fogueira para a preparação do chá. Ao abrir os sacos de erva, a curiosidade foi geral. Todos queriam saber que espécie de erva era aquela. Não diferenciava muito das ervas conhecidas. O cheiro, no entanto, era desconhecido e forte como o dum desinfetante.

O frei pediu que prestassem atenção na quantidade de ervas necessária para se fazer a fusão. Eles próprios teriam de fazê-la nas vezes seguintes. Quando o chá ficou pronto, o frei foi enchendo as canecas de alumínio dos gateiros. Esperava-se que fosse abençoar o chá, mas não o fez. Antes de ir embora, advertiu novamente:

– Não comam carne nem comidas apimentadas nem bebam álcool.

Um dos gateiros, que tinha ares de médico, aproximou-se do frei e perguntou se o tratamento provocaria perturbações no organismo. O frei hesitou um momento na resposta, e disse por fim que isso dependia da resistência física dos pacientes. Alguns teriam perturbações, outros não. E afastou-se logo, montado no burrico.

Aquele mesmo dia, vários gateiros tiveram fortes cólicas e, na manhã seguinte, quando puseram o frei a par do fato, ele respondeu com segurança que as cólicas eram bom sinal. Dias mais tarde, quase a metade do acampamento tinha cólicas, principalmente as crianças e os velhos. Eram cólicas intermitentes e dolorosas, seguidas dum estado de intensa fraqueza que os obrigava a ficar deitados. A erva, explicou o frei, começa a curar o mal por dentro do organismo. Não era como o óleo de chalmugra, que só agia na superfície da pele.

"Seu" Mendes era o gateiro que melhor observava os rigores da dieta, e nunca se esquecia de tomar o chá. Como os outros, também tinha cólicas, além de nódulos dum vermelho vivo que lhe apareciam nos braços e nas pernas. À noite, vinha a febre. Passava mal a noite toda e de manhã a ressaca da febre quase não lhe permitia levantar-se. Certo dia sentiu-se tão mal, que resolveu consultar o frei. Estava nervoso. Tinha receios de aproximar-se dele como qualquer mortal teria de aproximar-se de Deus. Mas precisava falar-lhe.

– Frei Sérgio, – disse-lhe ainda de longe – estou me sentindo muito mal, frei.

O eclesiástico recebeu-o com solicitude. Embora fosse homem simples, sabia ser cortês e agradável.

– Sente aí no chão, quero examinar você.

"Seu" Mendes sentou-se e arregaçou as calças, mostrando as pernas e as coxas. O frei ajoelhou-se a seu lado e apertou-lhe os nódulos, sem o menor escrúpulo. Os gateiros que presenciavam a cena admiraram-se da sua coragem. Um homem comum não procederia assim com um doente. Só mesmo um santo!

— Isso tudo é bom sinal — ponderou o frei.— Se você tem febre é porque os micróbios estão morrendo. — E batendo-lhe no ombro, encorajadoramente: — Você está indo bem, homem. Pode ir.

"Seu" Mendes, como que bafejado por um revigorante sopro divino, ergueu-se agilmente e afastou-se dali.

Com o correr dos dias e das semanas, a erupção e a febre acometeram todos os gateiros do acampamento. Alguns nem podiam se mexer nas esteiras, mas não deixavam de tomar o chá. De observar a dieta. A fé que depositavam no frei era cada vez maior.

Aos domingos, o frei realizava uma missa. Nenhum gateiro faltava, com exceção de Lucas, que não gostava de padres. Nesse dia, não se tomava o chá para que se ministrasse a terapêutica do espírito. Era bom para o espírito e um maravilhoso descanso para o organismo.

Certa noite, Miguel trouxe a notícia de que os inspetores estavam por lá. Romão fora capturado. Os gateiros sacudiram os ombros, sem dar importância ao fato. Os inspetores que viessem em muitos e bem armados, se queriam levar a melhor. A fé lhes dava coragem para a luta. Mas poucos comentaram o acontecido e ninguém perdeu o sono por causa dele.

***

Frei Sérgio rugiu, indignado, quando Pedro, que era muito linguarudo, contou que um dos gateiros não tomava o chá. Não podia ser! Aquilo era uma verdadeira ofensa a Deus.

— Chama-se Lucas, frei. Quer que vá chamar ele?
— Onde é que ele mora?
— Na última barraca.
— Vou falar com o homem.

Seguiu, às pressas, para a barraca. Pedro, esforçando-se para acompanhar o passo do frei, ia lhe contando as excentricidades do gateiro. Queria cativar-lhe a todo custo as simpatias. Assim, estaria mais próximo da graça.

— Às vezes, Lucas se põe a falar, e diz uma porção de coisas que a gente não entende. Mas ele não se importa se os outros estão entendendo ou não. Já ouvi ele falar quase uma hora em seguida.

Perto da barraca, o frei parou, e disse-lhe:

– Volte, Pedro. Quero falar com esse homem sozinho.

Pedro obedeceu, mas não foi muito longe; estava curioso por ver o que acontecia. Ele nunca vira um padre zangado daquele jeito.

O gateiro enchia sua caneca de aguardente, quando o frei entrou. Recebeu-o com um sorriso, nada surpreendido com a visita. Parecia acostumado a receber padres em sua barraca. O frei, no entanto, não se portava com a mesma naturalidade: ficou de pé, diante de Lucas, visivelmente nervoso. Não proferia palavra.

– O que o senhor queria, frei? – perguntou Lucas, respeitosamente.

A pergunta foi feita duma forma tão gentil, que o frei sentiu-se embaraçado para entrar logo no assunto. Afinal, não podia obrigar ninguém a tomar o chá. Não podia obrigar ninguém a salvar-se.

– Vim para ver como vai passando.

– Vou muito bem – respondeu Lucas, surpreendido, agora. – Sou o único aqui no acampamento que não tem cólicas. Os outros estão se espremendo por aí.

O frei fixou os olhos na caneca de aguardente.

– Costuma beber até a embriaguez?

– Não – respondeu Lucas, prontamente. – Costumo beber até que tenha cachaça.

Um sorriso esboçou-se nos lábios do frei. Era engraçado aquele velho! Como será que conservava o humor, apesar de tudo? Sentou-se ao lado dele, na esteira.

– Disseram que não toma o chá nem faz dieta.

– Falaram a verdade – concordou Lucas.

– Por quê? Não acredita em milagres?

Lucas largou a caneca no chão, pondo-se a pensar. Por fim, respondeu:

– Acho que acredito, frei. Já ouvi falar de muitos milagres. Na verdade, eles só acontecem pros outros, mas são tantos que a gente não pode duvidar.

A resposta trouxe alguma satisfação ao frei. Já que Lucas acreditava nos milagres, não havia nada que o impedisse de tratar-se.

– Então, por que não toma o chá?

Lucas já esperava pela pergunta, mas não se dera ao trabalho de pensar na resposta. Respondeu, sacudindo os ombros:

– Não sei dizer, frei. Talvez porque não quero me curar. Talvez porque acho que não vale a pena.

O frei não entendeu bem.

– Você não quer voltar a ser um homem sadio, para trabalhar como todos, e ser recebido em toda a parte?

O gateiro acendeu um cigarro e acomodou-se sobre o cotovelo. Enquanto falava, a mão que detinha o cigarro descrevia aspirais no ar. Falava pausadamente:

– Sou um sujeito que já parou de querer, frei. Macacos me mordam se eu quero alguma coisa mais desta vida. Apenas cuido de ir vivendo. O resto não me preocupa. Se eu pensasse em recuperar a saúde, como esses outros, seria um sujeito infeliz. Vejo na cara deles que eles são assim. E se eu recuperasse ela, seria mais infeliz ainda. Estou certo disso. Depois da saúde, eu ia começar a querer uma porção de coisas, e caía na rotina outra vez. Não quero ficar são. Já decidi.

– Você tem alguma razão, – disse o frei – mas não se trata de querer ou não recuperar a saúde. Deus quer que você recupere ela. Por isso me mandou aqui, para trazer a saúde a todos.

Lucas riu dum jeito que fez a indignação voltar a apossar-se do frei.

– Já que é assim, Ele que me cure sem me consultar. Ele não me consultou quando atirou a praga em cima de mim. Eu estava trabalhando, contente da vida, quando olhei pro espelho e disse: "Estou doente. Tenho que ir pra estrada". Arrumei minha trouxa e vim pra cá. No começo, andei por estas bandas como um louco. Todas as vezes que via um são, ficava com vergonha da doença e ia me esconder. À noite, chorava e perdia o sono. Depois, fui me acostumando. Pedia esmolas. Às vezes, roubava. Roubei um cavalo que era uma pérola. E agora já estou acostumado com a doença e com tudo. Não quero voltar pra cidade.

– Muitos doentes pioram – disse o frei. – Você não tem medo que aconteça isso consigo?

– Se eu pensar nisso, fico com medo. Qualquer um fica com medo.

Mas eu não penso. Só penso no que está acontecendo agora. Nunca me preocupo com o que pode vir.

O frei levantou-se, convencido de que não podia fazer nada por Lucas. Mas já não sentia a indignação que o trouxera à barraca. Saiu depressa, para atender aos que precisavam dele. Pedro, que o esperava por ali, veio ao seu encontro, alegremente.

Três meses depois de iniciado o tratamento, alguns gateiros começaram a se desiludir da cura. Apenas se abriam aos cochichos, mas, quando os adeptos do frei os ouviam, eram severamente condenados pela sua descrença.

– Escutem aqui, – diziam-lhes – o chá não dá resultado nos que não têm fé. Por isso que vocês não melhoram. Vejam o "seu" Mendes, que tem mais fé do que todos nós juntos: dia a dia está com a pele mais clara!

– Já notamos, – respondiam os incrédulos – mas talvez seja a fraqueza que deixa ele assim pálido. Nós quase não comemos nada. Só passamos a verduras. E o pior não é isso. O pior é que a Profilaxia vem aí. Outro dia pegaram o Romão.

Esses sujeitos descrentes deviam estar falando muito às mulheres, pois, certo dia, uma delas se acercou do frei e falou-lhe com uma franqueza de espantar:

– Frei: já faz um tempão que a gente toma esse danado de chá e nada dele dar resultado. Meu marido está tão fraco que nem pode ficar de pé e eu mesma me sinto muito mal. Se não nos curar logo pra acabar com essa dieta, vamos morrer de fraqueza. O que o senhor nos aconselha, frei?

– O que aconselho? Fé! – berrou o frei. E repetiu, ainda mais alto: – Fé!

A mulher afastou-se, como se tivesse um pecado na consciência, e foi contar aos outros o que o frei dissera. Todos a que contava abaixavam a cabeça, envergonhados, e reconheciam que de fato sem fé não poderiam curar-se. Foi quando um deles, um homenzinho prático e muito vivo, sugeriu:

– Como a gente pode ter bastante fé se nos falta uma igreja onde possamos rezar? – E, apontando com o dedo na direção duns arvoredos que se viam à distância, disse: – Com aquilo podemos construir uma igreja. Otávio, que já foi marceneiro, dirigirá o trabalho, e ele mesmo fará os santos de madeira. O que dizem vocês?

Os gateiros se entreolharam, assustados pela enormidade do trabalho, mas admitiram que a ideia era boa. No mesmo dia começaram a construção. Otávio, todo energia, era quem dava ordens. Os outros obedeciam ao pé da letra. Não havia discussões porque só um entendia do ofício. Quando terminava o dia, atiravam-se exaustos sobre as esteiras, e só levantavam-se no dia seguinte, para a continuação do trabalho. Alguns desmaiavam, não suportando os rigores do sol e o esforço que a tarefa exigia, mas logo que voltavam a si, punham-se de pé, ansiosos por trabalhar.

Marques acompanhava a construção a lamentar aquele desperdício de energia, que poderia ser aproveitada para novo arranco da fuga. Mas os outros estavam exultantes com o trabalho, e até os incrédulos cooperavam na construção da igreja.

Depois de vinte e nove dias de árduo labor, a igreja ficou pronta. Era uma igreja rústica, primitiva e tão pequena que não cabia dentro dela nem a metade dos gateiros. Aos domingos, tinham de disputar um bom lugar para assistir à missa. Mas não era apenas aos domingos que ela ficava repleta. Todos os dias e da manhã até altas horas da noite, havia gateiros entrando e saindo, e muitos passavam horas e horas rezando dentro dela, apesar do insuportável cheiro das velas de sebo.

No dia seguinte da inauguração da igreja, frei Sérgio fez um belo e longo sermão, no qual garantiu aos gateiros que daquele dia em diante os resultados do tratamento seriam mais visíveis. Nesse dia, os incrédulos estiveram calados, e ninguém faltou à missa inaugural, com exceção de Lucas e do Batista. Este não entrou na igreja, ficou na porta, sobre as pontas dos pés, para ver o frei. Mas, embora não entrasse na igreja, talvez fosse ele quem mais acreditava no frei e no tratamento.

As cólicas, a febre e as erupções tornavam-se no entanto mais intensas cada dia que passava. Alguns, os incrédulos certamente, diziam que bastaria um bom bife para que tudo aquilo passasse, mas os outros só viam a cura no caminho do espírito.

– O que adianta a gente ter uma igreja se não pratica a caridade? – disse um deles. – O que salva os crentes não é propriamente a fé, mas os bons sentimentos. Já ouvi muitos padres dizerem isso.

Uma mulher ouviu este gateiro e, impressionada com suas palavras, tratou de passá-las adiante. O marido dela também achou que o homem tinha razão. Os conhecidos também. E assim passou a pensar o acampamento todo.

– Precisamos praticar o bem. Afinal, não somos assim tão pobres! – disse aquele gateiro, ao saber que fora bem ouvido.

Nesse mesmo dia, uma mulher foi oferecer ao frei suas economias de toda uma vida de mendicância para que ele distribuísse entre os pobres da Igreja.

– Frei Sérgio recusou o dinheiro.
– Não posso aceitar.

A mulher se pôs a chorar pateticamente e, caindo de joelhos, confessou que jamais praticara a caridade, que sempre havia sido uma egoísta e que aquele era o momento de atrair sobre si as graças de Deus.

O frei, comovido, mandou que ela se erguesse, e aceitou o dinheiro.

Os gateiros que estavam nas proximidades da mulher e do frei montaram nos seus matungos e foram esmolar nos povoados e nas vilas circunvizinhas. A Profilaxia poderia estar por lá, o perigo era grande, mas não se importavam. O principal era que arrecadassem dinheiro para doar aos pobres da Igreja. Só voltavam para o acampamento à noite, tostados do sol, inchados, exaustos, mas felizes.

Os incrédulos, porém, dia a dia multiplicavam-se e, embora não interrompessem o tratamento nem a dieta, provocavam os outros com a sua fraqueza:

– Que saudades dum bife com batatas! – diziam. – Vocês, às vezes, não sonham que estão comendo à vontade? Outro dia sonhei com carne, pimenta e cachaça boa. Que festim, gente! Só mesmo em sonho podemos esquecer essa dieta desgraçada.

Os descrentes no tratamento endireitavam-se, coléricos, e improvisavam sermões sobre o valor da fé e o da resistência às tentações. E falavam horas a fio, até que passasse o perigo do desejo que os derrotistas haviam despertado neles.

Havia, porém, um gateiro que não suportava mais aquela situação. No meio dum grupo enorme, disse, em voz alta e decidida:

– Vou deixar o chá. Não quero morrer de fome e de febre. Que morram vocês!

E os outros gateiros ficaram escandalizados, mas com inveja da sua coragem.

Este gateiro realmente deixou de tomar o chá. Passados três dias, já não tinha cólicas. Recomeçando a comer carne e comidas mais fortes que as verduras, melhorou da disposição e livrou-se das febres diárias. Dava inveja aos outros a vivacidade com que se movia pelo acampamento, e as esmolas que pedia já não eram para os pobres da Igreja.

Outros logo o imitaram. As mulheres deixaram o chá e a dieta ao mesmo tempo. E nem os mais fanáticos suportavam tomar o chá com o mesmo rigor antigo.

Certa manhã, o frei chegou ao acampamento com dois sacos de ervas. O gateiro, encarregado de guardar as reservas da planta miraculosa, disse-lhe:

– Basta um saco, frei. Acho que um já é demais.

Ao voltar ao acampamento, na próxima vez, ninguém correu ao seu encontro para saudá-lo. Muitos o evitaram ou fecharam a carranca ao passar por ele. As mulheres viraram-lhe a cara.

O frei retirou-se mais cedo para a sua tenda. Passaram um, dois, três dias, e ele não apareceu no acampamento. Supondo que estivesse doente, alguns gateiros, inclusive o Marques, foram procurá-lo na sua tenda. Bateram palmas diante dela. Ninguém apareceu para atendê-los e o burrico não estava por lá. Resolveram entrar na tenda, e a encontraram abandonada. Dentro dela só havia ervas espalhadas em quantidade pelo chão.

– Creio que ele foi embora – disse o velho Marques.

– E não deixou nem ao menos um recado!

Marques olhou piedosamente aos companheiros:

– Talvez uma nova missão o chamasse. São muito ocupados esses freis.
– No íntimo, porém, estava feliz porque agora já era possível pensar-se na retirada.

Ao chegar ao acampamento, dezenas de gateiros os rodearam, curiosos por saber o que acontecera ao frei.

Marques, que era sempre quem falava pelos outros, comunicou:

– O frei foi embora. Com certeza não volta mais.

Os gateiros baixaram a cabeça, entristecidos. E os incrédulos no tratamento também ficaram tristes.

Marques tinha mais o que dizer:

– Hoje mesmo discutiremos o prosseguimento da retirada. Não é prudente ficar aqui.

À tarde, um gateiro que foi esmolar na vila próxima do acampamento viu um homem profundamente abatido, montado num burrico, a caminho do sul. Pareceu-lhe frei Sérgio.

***

Já se esperava que o frei mais cedo ou mais tarde fosse embora, mas a notícia da sua partida fez com que aquela gente se sentisse como atirada no vácuo. Não lhe importava mais o que pudesse acontecer. Esse estado de espírito geral permitiu que o velho Marques se fizesse ouvir outra vez. Naquela mesma noite reuniu a maioria dos gateiros ao redor duma fogueira que ele próprio acendera, e disse na sua voz potente:

– Esta semana continuamos a retirada pro norte.

Um dos presentes pediu a palavra.

– Estive pensando – disse vagarosa e refletidamente – que seria melhor a gente ficar aqui mesmo. Já nos acostumamos com a região e o pessoal da vila nos recebe muito bem.

– Isso não – reprovou o patriarca. – A Profilaxia vem aí. Precisamos azular enquanto é tempo.

Em seguida, o velho começou a falar do rumo que tomariam. Não dormira enquanto os outros se espremiam com as cólicas, e conseguira informações preciosas. Sabia, por exemplo, que a uns trinta quilômetros dali iam encontrar um riacho e um excelente lugar para acamparem. Mais além havia uma fazenda abandonada. O que encontrassem nos primeiros cento e cinquenta quilômetros não seria surpresa para ele. Nessa altura, o Pede-Pede, como um perfeito escolar, levantou a mão, querendo dizer alguma coisa.

A atenção de todos recaiu sobre ele, porque Pedro raramente se manifestava.

— O que você quer, Pedro? — perguntou o Marques, também curioso.

— Não quero nada. Levantei a mão só pra dizer que pra mim tudo está bem.

Os gateiros todos riram, e de bom humor agora voltaram ao assunto.

— Não era melhor a gente ir pelo leste? — indagou um homem que provavelmente não sabia onde ficava o lado leste. Era que tinha família numerosa e queria dar-lhe a impressão de que se interessava pela sorte dela.

— Se a gente for para o leste, — disse o patriarca, com firmeza — começamos a esbarrar nos povoados e vilas, onde existem muitos postos sanitários. O melhor rumo é o norte mesmo.

Pedro aí se levantou outra vez para dizer que a discussão dos planos era inútil. Devia-se fazer o que Marques mandava e nada de se pôr em dúvida o conhecimento dele.

— Então fica resolvido que a gente vai embora — concluiu Marques, vitorioso.

Naquela noite, a conselho de Marques, a maioria dos gateiros foi dormir cedo. Deviam estar bem descansados para a continuação da fuga. Dali a uns três dias, quando passasse o temporal que estava para desabar, partiriam. Muitos, no entanto, permaneceram ao redor da fogueira, bebendo e conversando. Alguns cantavam:

> Não vou nem amarrado
> Pra gafaria.
> Não visto camisolão
> Na gafaria.
> Não pego no enxadão
> Na gafaria.
>
> Não vou nem amarrado
> Não vou nem amarrado.

Marques acompanhava com a cabeça o ritmo da toada.

Aproximando-se dele, Pede-Pede repetia insistentemente o estribilho:

Não vou nem amarrado
Não vou nem amarrado.

Afastava-se, saracoteando.

Alguns gateiros, já embriagados, proferiam discursos confusos em defesa da liberdade a que se julgavam com direito. "Minha pele é mais branca do que a lua", dizia um, desabotoando a camisa e erguendo o peito. Uma mulher levantou o vestido até às coxas para mostrar que a sua pele também era branca, e quase todos a rodearam. "Enquanto estiver bom, ninguém me pega", garantia Pé Torto.

Vendo aquele entusiasmo todo, o patriarca sorria. Sua responsabilidade era grande, mas, por maior que ela fosse, sentia-se feliz porque fora recolocado no comando dos seus homens. E a batalha ainda podia ser ganha.

***

Um estranho grupo de cavaleiros se aproximou do acampamento. À frente dele vinha um homem alto e magro, tostado de sol e com olhares de raposa. Usava uma blusa verde felpuda, chapelão na cabeça e polainas enlameadas. Pouco atrás, seguia uma mulher que já perdera a beleza, mas que ainda conservava o orgulho dela. Era magra e frágil; à distância, porém, se lhe via o relevo dos seios sob o vestido roto. Ao lado dela, cavalgava um homem baixote e troncudo, com uma sisuda cara de índio. A tiracolo trazia uma espingarda. Os três pararam bem no centro do acampamento, olhando-o como quem contempla uma cobiçada presa.

Lucas aproximou-se dos três para lhes dar as boas-vindas.

– Você por aqui, Silvério?!

Silvério apertou cordialmente a mão de Lucas.

– Cheguei aqui por casualidade. Não sabia desse acampamento.

– Vocês vão ficar?

– Vamos.

– Mas nós estamos de mudança.

– Mudança pra onde? – quis saber Silvério.

– Pro norte. A Profilaxia vem aí.

— Nesse caso, vou junto – disse Silvério prontamente.
— Pode ir, Silvério, mas você está de sorte. Faz três meses que Romão foi preso. Se ele estivesse aqui, acho que lembrava aquela história do Elefante e ia querer barulho. Você conhece o Romão.

Silvério rompeu a rir.

— Vocês também nos embrulharam no começo, não foi? Depois veio o segundo tempo e nós ganhamos. O jogo acabou. O principal é que ninguém se machucou.

— Está certo – concordou Lucas. – Pra mim o caso está encerrado.

Satisfeito com as palavras de Lucas, que pareciam pôr fim ao incidente, Silvério afastou-se e tratou de armar sua barraca, com o auxílio de Joaquim e de Laura.

Aquela noite houve duas fogueiras no acampamento. Uma, a oficial, acesa pelo velho Marques, ao redor da qual se reuniu o grupo maior, para discutir a continuação da retirada. A outra, bem menor, fora acesa por Silvério, Joaquim, Laura e mais meia dúzia de conhecidos seus. Silvério parecia insistir em fazer amigos entre o pessoal do acampamento, e graças às suas maneiras polidas não encontrava grandes dificuldades. Laura, por sua vez, facilitava-lhe a tarefa, atraindo a atenção dos mais moços, que viam nela uma conquista fácil. O único com quem ninguém simpatizava era o caboclo. Com a carranca fechada, Joaquim não dizia uma só palavra e olhava a Silvério como se este estivesse fazendo algo repugnante ao falar e travar amizades. Mas talvez houvesse alguma coisa em comum entre os três.

Com uma voz teatralmente cavernosa, Silvério contava como se deram os cercos que a Profilaxia fizera nos outros acampamentos. Dizia ter presenciado a todos eles. Uma coisa horrível! E tudo por culpa duma fuga que só servia para mais exasperar os diretores do Asilo, ansiosos por completar a internação geral dos gateiros.

— A Profilaxia só não pôde contar com o Motta – disse um. – O Motta é macho pra burro.

Silvério olhou Joaquim e ambos riram.

— Pois fique sabendo, que o "seu" Motta pegou o dele também. Da primeira vez ele ganhou, mas dias depois os inspetores voltaram prevenidos. Cercaram a casa do homem e saiu o maior tiroteio desse mundo. O Motta resistiu muito tempo, mas quando o segundo filho dele caiu, entregou os pontos. Saiu da casa assustado, tremendo todo. Ficou um tempão com os braços levantados, e mesmo quando os inspetores mandaram que abaixasse eles, o Motta ficou com os braços levantados por muito tempo ainda. Foi levado pro Asilo, com os cadáveres dos filhos. Três dias depois, se enforcava. Sabiam desta história?

– Resistir, como fez Motta, é loucura – disse um dos gateiros. – Não vale a pena. Fugir é o melhor.

Silvério sorriu outra vez, com fingida tristeza, e perguntou, imitando muito bem um angustioso estado de espírito:

– E aonde vamos parar, fugindo assim. Já pensaram nisso? – E prosseguiu, depois duma breve pausa: – Nós não estamos indo pra nenhum lugar. Estamos apenas nos afundando no mato.

Os gateiros sentiram-se aturdidos.

– Então, o que devemos fazer? – perguntaram muitos, ao mesmo tempo.

Já rodeados por inúmeros gateiros, Silvério levantou-se:

– Só tem uma solução boa. E apontando para o sul. – O Asilo!

Braçadas e braçadas de galhos de árvores eram atiradas à fogueira. As labaredas ronronavam e corriam sobre os toros como gatos vermelhos, dando calor e relevo às palavras do novo líder. E a maioria abandonava a fogueira de Marques para se instalar ali e ouvir o que Silvério dizia. Não tardou muito para que o patriarca não tivesse a quem falar. Todos haviam abandonado, e ele estava a sós com as suas chamas. Intrigado, afastou-se dali para se plantar de pé, com os braços cruzados, diante da fogueira de Silvério. Quando começou a compreender o que ele dizia e a notar que todos lhe davam atenção, não resistiu aos impulsos da cólera.

– Nunca nos entregaremos – bradou. – A liberdade é como o pão, como o ar... – Mas a si próprio pareceu excessivamente poético esse conceito de liberdade e corrigiu-se assim: – Bem sabemos da miséria que há no Asilo.

– Mas lá ao menos temos o que comer – berrou Silvério.

– A comida não é tudo! – respondeu, em alto brado, o patriarca.

– Quando a gente estiver morrendo de fome, não poderá pensar assim.

— Isso não acontecerá nunca — trovejou Marques. — A Profilaxia acaba logo e a gente volta à vida antiga. Ela sempre fracassou.

Aí Silvério demorou-se um pouco para responder. Julgava ter encontrado uma brecha na muralha de palavras do velho Marques e pretendia que uma breve pausa viesse valorizar os novos argumentos. Aparentemente triste, tirou um jornal dobrado do interior da blusa.

— Tenho aqui uma notícia desgraçada para vocês. Está na primeira página do jornal. Diz ela que a Profilaxia vai abrir mais dois asilos: um perto da capital e outro lá para as bandas de Itu. E esse velho doido vem dizer que a Profilaxia vai acabar. Não tem cabimento.

Marques ficou um momento em silêncio, a espremer o lóbulo da orelha, enquanto o jornal ia de mão em mão. Aquele, porém, era o instante decisivo da polêmica. Não podia ficar calado.

— Você parece que está conseguindo o que quer — disse a Silvério. — O pessoal está se iludindo. Aposto que lhe pagam para esta propaganda toda.

Silvério ergueu-se subitamente, como se picado por uma cascavel e aproximou-se do velho para agredi-lo. Mas não foi até o fim: deteve-se e voltou a sentar.

— O Marques falou sem pensar no que estava falando. Ele não é homem pra ofender os amigos.

Estas palavras não amoleceram o velho.

— Você é um canalha muito grande!

Já com o inteiro domínio da situação, Silvério fazia por ignorar a presença de Marques ou olhava-o com um ar de compaixão.

— Pobre homem, — lamentou — acho que acaba louco.

Os derrotistas, entusiasmados porque agora tinham o seu líder, passaram a manifestar-se abertamente, e eles já constituíam a maioria.

— Silvério tem razão. O Asilo pode ser ruim, mas o pior é nos afundar no mato. Vamos internar correndo, gente!

O velho Marques bradava, enfurecido:

— Vocês são uns covardes, isso sim! Vocês não têm fibra!

A indignação ainda mais lhe acentuava o fracasso, e os derrotistas já tinham coragem de encará-lo e falar-lhe sem o pudor da covardia.

– Já tomamos a nossa decisão, "seu" Marques. Desta vez vamos mesmo. Quem quiser que acompanhe a gente.

Marques suplicava às mulheres que não permitissem a capitulação dos maridos. Elas não lhe davam atenção. E até Pedro Pede-Pede se manifestou em voz alta:

– Não quero ficar sozinho. Vou pra onde os outros forem.

Em pé diante da fogueira, senhor absoluto da situação, Silvério começava a tomar decisões. Era agora o único líder do acampamento e ninguém ousava discordar dele.

– A gente podia ir hoje mesmo, – disse – mas acho que vai chover grosso. O céu está carregado. O melhor é adiar a partida pra depois da chuva.

Os homens o rodearam para saber que fim teriam os cavalos, quando se internassem.

– Eu me encarrego de vender eles – respondeu. – Deixem tudo comigo.

As mulheres se acercaram de Silvério e perguntaram, ansiosas, que destino teriam as crianças. Era o que lhes preocupava.

– Vão todas pra um orfanato pra não pegar a doença.

– Mas até agora não pegaram?

– Vão todas pra um orfanato – repetiu Silvério, afastando-se das mulheres, com um ar de enfado.

Até altas horas da noite, os gateiros estiveram comentando o passo que dariam. A harmonia era geral, e quase não se faziam perguntas cabulosas ao novo líder. As mulheres, no entanto, começavam a odiá-lo porque ele iria separá-las dos filhos.

O velho Marques não quis ouvir o falatório. Afastou-se, repugnado com a covardia daquela gente, e foi sentar-se diante da sua fogueira, já quase extinta.. A batalha estava perdida, e agora o único caso que advogava era o seu caso particular. Balançando a cabeça, com os olhos fixos nas brasas agonizantes, dizia, submerso no maior desconsolo:

– Eu não me interno. Façam os outros o que entender, mas eu não me interno.

***

Silvério acertara na previsão do tempo. Embora nunca fora soldado, como o velho Marques, entendia de muitas coisas e sabia dar ordens. Desabou, com efeito, um violento temporal. Se não fosse a certeza de que aquele era o último revés, os gateiros teriam caído num grande desânimo, porque houve perdas e danos consideráveis. Várias barracas tombaram, ficando sepultadas na lama. Roupas e objetos do uso diário foram levados pela enxurrada. Alguns cavalos, assustados pelo clamor dos trovões, romperam os cordéis que os prendiam e fugiram. E o pior de tudo foi que perderam dinheiro também. Era que Silvério improvisara um cassino, na sua barraca, e limpou os bolsos de quase todos. O único que não quis jogar, além do Lucas e do Marques, foi Pedro Pede-Pede. Não podia arriscar o dinheiro do sustento dos filhos. Quando o convidaram para jogar, falava dos seus deveres para com os meninos, ofendido com o convite. Por fim, também irritado com a chuva que não passava nunca, resolveu imitar os companheiros, e foi à barraca de Silvério. Não teve mais sorte do que os outros: em pouco tempo ficou com os bolsos vazios. Pelo menos, os bolsos internos.

– Perdi tudo que tinha – lamuriou. – Fui um grande asno em jogar.

Silvério lamentou o fato.

– Foi uma imprudência, sim. Mas não faz mal: no Asilo a gente viverá às custas do Governo.

Pedro refletiu:

– Você tem razão. Se no Asilo a gente tem de tudo, que falta faz o dinheiro que perdi? Por outro lado, dinheiro nunca é demais: – Puxou uma velha carteira do bolso interno do paletó. – Sempre escondo o dinheiro, pra que ninguém me peça emprestado.

– Que dinheirama! – exclamou Silvério. – Continuamos a jogatina.

– Mas desta vez fico com o número cinco.

Silvério protestou, sorrindo.

– Sou o dono do número cinco. Escolha outro qualquer.

– Escolho o três – resignou-se Pedro. – Arrisco cinco mil réis. Acha pouco?

Pedro atirou uma nota esfarrapada sobre a esteira e começou a sacudir incessantemente a caneca de alumínio. Quando sentiu que exagerava a cerimônia, lançou o dado.

— Três! – berrou. – Ganhei!

— A sorte vai mudar, amigo. Mas deixe o dinheiro aí e vamos dobrar a parada.

Pedro repôs o dado dentro da caneca e fez novo lance. Ganhou. Estava com sorte mesmo, pois jogava contra o inevitável. Houve um momento em que Silvério até perdeu sua viciosa impassibilidade, desconfiado de que algum amigo seu trocara o dado para lhe pregar uma peça. Mas continuou a jogar, sempre exigindo que se dobrasse a parada. O companheiro, satisfeito por estar ganhando, fazia-se loquaz.

— Sempre sonhei com um lugar assim como o Asilo, onde se tem tudo de graça. Parece até mentira que esse lugar exista e que é pra lá que nós vamos. Foi bom você ter aparecido por aqui, Silvério. – Lançou o dado. Ganhou outra vez.

— Mas que sorte, homem! – exclamou Silvério. – Já recuperou todo o dinheiro! Vamos, me dê a caneca. Você não larga ela. Que negócio é este, "seu"?

— Tire-me ela. Pode sacudir. Estou de sorte hoje.

Silvério atirou o dado na esteira.

— Cinco! Ah, que diabo! Fui ganhar.

— Então chega.

— Não, Pedro. Vamos continuar. Você ainda tem dinheiro.

— Não jogo.

— Joga!

Nas próximas jogadas, o cinco repetiu-se com muita frequência e Pedro perdeu todo o dinheiro que trazia. Ficou triste de dar pena e começou a lamuriar.

— Lamento o que aconteceu. Se você não fosse homem orgulhoso, eu devolvia o dinheiro, Pedro. Mas respeito o seu amor próprio. Você podia se ofender, e com razão.

Pedro não conseguia esquecer o dinheiro perdido, mas as palavras de Silvério lhe fizeram bem. Era a primeira vez que faziam referências ao seu amor próprio.

— Acho que vamos ser grandes amigos no futuro – disse Silvério.

— Perdi o meu dinheiro – choramingou Pede-Pede.

— Não faz mal. Você ainda pode ter muito dinheiro, se for inteligente.
— Eu não sou inteligente.
— Vamos, fume um cigarro de papel, Pedro. É dos bons.

***

Quatro dias depois, para o alívio de todos, as chuvas cessaram. O céu fez-se claro outra vez e a paupérrima vegetação que cobria os campos parecia ter sido pintada de novo. As estradas estavam lamacentas e cheias de poças, mas o sol que batia de rijo sobre elas logo as tornaria transitáveis. Agora nada mais prendia os gateiros ali. Depois de seis meses, iam, enfim, deixar a região.

Silvério, com o chapelão enterrado na cabeça, a amassar o barro vermelho com suas botas enormes, saiu da barraca.

— Arrumem os trastes — ordenou às mulheres. — Vamos partir hoje mesmo. — E dirigindo-se aos homens. — Deem de comer aos cavalos. Você aí, "seu" estributo[2] duma figa, vá ajudar os outros.

Os homens, as mulheres, os velhos e as crianças começavam a movimentar-se, obediente às ordens do chefe. Mas nem todos iam partir. Largado na barba-de-bode, a espremer nervosamente o lóbulo da orelha, Marques garantia que sua viagem não seria no mesmo rumo que a dos outros. Ele não se renderia de maneira alguma. A seu lado, descansavam Lucas, Miguel e Plutão, que também não iam com Silvério. "Seu" Mendes estava indeciso. Desde que o frei fora embora, vivia calado e deprimido, incapaz de tomar uma resolução qualquer.

Nesse instante, uma figura grotesca e divertida, vestindo uns andrajos lamacentos, atravessou os campos de barba-de-bode, na direção do acampamento. Vinha exausta.

— Vejam quem vem aí! — berrou Miguel, numa mescla de assombro e alegria.

A essa altura, Romão já os tinha visto e caminhava na direção deles, rompendo as hastes da barba-de-bode, com suas mãos poderosas.

---

2. Atrofiado.

— Romão!

Os quatro atiraram-se a ele para abraçá-lo, inclusive Plutão, que sempre imitava os outros. Abraçou Romão e não queria largá-lo mais. Foi preciso dar-lhe um soco na cabeça para que perdesse o entusiasmo.

— Lucas! Miguel! "Seu" Mendes!

Quando puderam olhar Romão de melhor distância, notaram que sua fisionomia se alterara bastante naqueles três meses: a pele estava mais grossa e escura, os traços mais toscos e duros e o corpo mais magro. Mas no espírito era o Romão antigo.

— Vocês têm cachaça?

— Temos.

— Quero um gole.

Veio uma caneca. Romão virou-a na boca. Quis mais. Depois, abandonou-se no capim, ofegante. Esfregou o rosto morosamente, com as costas das mãos.

— Me dá um beliscão, Lucas, pra ver se estou vivo mesmo.

— Você escapou de lá?

— Escapei.

— Quer mais cachaça?

— Quero.

— Eu sabia que você fugiria, pai. Eu sabia que a gente ia ficar junto outra vez. Por que não fugiu antes?

— Me puseram atrás das grades.

— Tem grades no Asilo?

— Tem, pros rebeldes.

— Você ficou todo esse tempo preso?

— Fiquei, e ficava mais se não fosse esperto. Mas o que me salvou foi a minha vontade de voltar pra Minas. Eu pensava naquela morena que deixei em Minas, e dizia: "Você está perdendo tempo aqui, Romão. Trate de cair fora". E caí fora mesmo – concluiu, com orgulho. – Agora só falta chegar em Minas.

— A gente chega lá – disse Miguel.

Romão olhou para a frente e se deteve um momento a acompanhar o movimento dos gateiros, que iam dobrando a lona das barracas. Outros cuidavam dos animais. Ninguém estava parado.

— Eh! O que está acontecendo aqui?
— O pessoal vai embora — respondeu Lucas.
— Embora pra onde?
— Pro Asilo.
— Pro Asilo? Eu ouvi bem?
Lucas fez um sinal afirmativo com a cabeça.
— Mas o que deu na telha dessa gente? — quis saber Romão, intrigado.
— Silvério apareceu por aqui e...
— Silvério está aqui?
— Está.
Romão saltou de pé.
— Então vou amassar a cara dele e deixar ela igual um queijo. O desgraçado me roubou o dinheiro.
— Você pode se estrepar — advertiu Lucas. — Joaquim está aí com a espingarda.
— Amasso a cara dos dois.
Com seu ar apalermado e altivo, Romão deu uma longa volta pelo acampamento. Entrou em diversas barracas mas não viu Silvério. O demônio sumira outra vez. Sentira o cheiro dele e desaparecera. Devia ter sido isso. Topou com um velho pela frente. Segurou-o.
— Onde está Silvério?
— Larga de mim, "seu". Sei lá onde está o Silvério.
Outro gateiro aproximou-se.
— Eh! Você não é o Romão, aquele que foi preso?
— Fui preso, mas escapei. Pensa que sou rato pra viver na toca?
Um terceiro gateiro pôs a mão em concha na boca e berrou:
— Pessoal, Romão está aqui!
Romão continuou na procura de Silvério, acompanhado por três ou quatro gateiros. Ao vê-lo, todos largavam os seus afazeres e iam atrás dele. Mas ninguém se sentia feliz com sua volta. Dum paraíso não se foge. Romão, no entanto, fugira.
— Onde está aquele filho duma cadela? — berrava Romão, andando pelo acampamento.
O velho Marques viu-o. Correu a seu encontro.

— Você voltou, homem de Deus?

Ele sabia que bastava a presença de Romão ali para destruir os sólidos argumentos de Silvério e para que o pessoal se convencesse da necessidade da retirada.

Interessado em botar os olhos em cima de Silvério, Romão não respondeu ao patriarca. Quis afastar-se dali, à procura do inimigo, mas já havia tanta gente a seu redor que teve de permanecer no mesmo lugar. Começou a contar em voz alta o que o Asilo era na verdade.

Ao ver o agrupamento, Silvério correu para lá, curiosamente.

— O que aconteceu aqui? — perguntou, penetrando no grupo.

Romão, com o peito crescido, tal e qual um galo de briga, empurrou os que lhe estavam na frente e defrontou-se com Silvério.

— Não aconteceu nada, amigão.

Silvério estacou. A ansiedade geral cresceu, e os gateiros ficaram prevendo um mau desfecho para aquele encontro.

— Você fugiu de lá, não foi?

— Fugi. Pra destripar você — rugiu Romão.

— Nossas contas ficam pra depois — disse Silvério, com superioridade. — O que importa agora é encaminhar esta boa gente pro seu lugar.

— Bancando o chefão, hein?

— Sou macho pra isso.

— Vamos ver.

Marques saltou entre os dois e tomou a palavra pra fazer um pequeno discurso, como o momento exigia. Falou alto, com sua voz potente de patriarca, a espremer com delícia o lóbulo da orelha, ciente de que da sua eloquência dependia o futuro de todos. Depois de muitas frases belas e sonoras, terminou o discurso assim:

— Amigos, decidamos já o nosso destino — e apontando vigorosamente com o dedo — o norte!

Todos começaram então a falar ao mesmo tempo, e a confusão geral permitiu que Silvério sorrateiramente se afastasse do grupo, na direção da sua barraca.

Romão, que não tirava os olhos dele, chamou-o:

— Aonde você vai? Temos contas a ajustar.

Silvério parou em meio do caminho. O vozerio dos gateiros cessou subitamente e, dentro do grande silêncio que se fez, Romão, gingando sobre suas grossas pernas, seguiu ao encontro de Silvério, para o ajuste de contas.

– O que você está querendo? – perguntou Silvério, para ganhar tempo.

– Espere e verá.

– Venha. Não sou homem que foge.

Nesse instante, ouviu-se um forte estampido, e um velho que se achava atrás de Romão soltou um grito lancinante e caiu por terra. Romão saltou para o lado, surpreso, com os olhos fitos em Silvério, que também se mostrava surpreso. Do interior duma tenda, Joaquim saiu com a espingarda ainda fumegante e satisfeito com o tiro. Parecia um selvícola que ocasionalmente descobrisse o poder mortífero duma arma de fogo.

– Foi preciso, patrão – disse a Silvério. – E fez os dedos repousarem outra vez no gatilho da arma.

Ao ver o caboclo, os gateiros ficaram terrificados. As mulheres, com medo de que ele fizesse novos disparos, começaram a gritar, apavoradas. Apenas o velho Marques continuava impassível, a olhar o agressor em desafio.

– Foi pena que o tiro acertou o cara errado – lamentou Silvério.

– Posso atirar outra vez, patrão. Agora não erro.

– Deixa, Joaquim.

O caboclo insistiu:

– Pra mim não custa nada dar mais um tiro.

– Não quero mais sangue – disse Silvério.– Fica apontando que eu já volto.

Dirigiu-se às pressas à sua barraca. Demorou alguns minutos lá, e saiu com uma túnica debaixo do braço. Saltou agilmente no cavalo. Joaquim fez o mesmo, sem descuidar de Romão, o único capaz de querer barulho.

– Já vou indo, minha gente – despediu-se Silvério, acenando com o chapelão para os gateiros.

Quase explodindo de raiva, Romão bradou:

– Ainda nos encontramos, rufião!

Quando Silvério e Joaquim sumiram na estrada, Marques and Romão foram socorrer o velho ferido. O coitado debatia-se como um peixe fora da água, chamando pelo auxílio de todos e, ao mesmo tempo, repelindo os que se aproximavam dele.

— Foi o diabo esse desastre – disse o patriarca. – Devíamos partir hoje mesmo, mas seria a morte do velho.

— Hoje a gente não pode ir embora – concordou Romão. – Mas amanhã vamos de qualquer jeito. Conheço o Silvério. Não é sujeito que gosta de perder parada.

***

Ao entrar na sua barraca, Romão arregalou os olhos, tal foi a surpresa que teve. Laura estava lá, deitada sobre a esteira. Olhava languidamente para ele, num malicioso sorriso que fez sua rígida carranca desmanchar-se num risinho do mesmo naipe que o dela. Mas logo voltou à antiga carranca, lembrando-se de que fora Laura quem roubara o dinheiro herdado do Elefante. Perguntou-lhe com rudeza:

— O que faz aqui, sua cadela à toa?

Ela demorou a responder, a mirá-lo de alto a baixo, afetando grande prazer na contemplação. Romão, porém, teimava em não esmorecer a brutalidade do seu olhar, ciente de que aquela mulher seria capaz de todos os ardis para a realização dos seus intentos. Mas que intentos poderiam ser esses? Nem ele nem outro qualquer gateiro do acampamento tinham dinheiro...

— Perguntei o que você faz aqui. – repetiu, com redobrada aspereza.

Laura sentou-se na esteira, como se magoada pela estupidez dele, e disse-lhe numa doçura toda feminina:

— Não quis ir com Silvério.

— Isso não me interessa – urrou Romão. – O que eu quero saber é o que você faz na minha barraca. Responda e caia fora daqui.

Laura se ergueu, irada, fazendo no seu gesto brusco os cabelos tombarem por trás dos ombros, e deu um passo ousado na direção da abertura da tenda. Romão, segurando-a com firmeza, não permitiu que saísse.

— Você não respondeu minha pergunta.

Ela procurou debilmente resistir à pressão de suas mãos rústicas, mas havia algo de intencional na sua fraqueza. Com um fio de voz, como se lhe tivesse um pavor incrível, respondeu:

— Vim pra ver você.

— E o que quer de mim?

— Não me machuque, por favor.

Romão empurrou-a, e ela foi cair na esteira. Ao vê-la estendida na esteira, toda medrosa, sorriu, a gozar o espetáculo de sua superioridade sobre aquela indefesa mulher.

— Eu também queria ver você. Não me esqueci do dinheiro que você roubou de mim. São coisas que a gente nunca esquece.

Laura fez-se espantada, e começou a suplicar-lhe que não a matasse, num espanto tão grande como que pretendia simular. Depois, rompeu num choro convulsivo, com lágrimas de verdade.

Romão contemplava-a, sorrindo.

— Homens ou mulheres, os ladrões são todos uns covardes.

A mulher olhou-o com os olhos congestionados pelas lágrimas.

— Não sou uma ladra — protestou.

— O que é, então? Uma ladrona?

Ela curvou-se, como num confessionário.

— Silvério me obrigou a roubar. — E fazendo-se comunicativa no seu remorso: — Não foi só você que eu roubei, sabe? Roubei muita gente. Eu não queria roubar, mas ele me obrigava.

— Todos os ladrões têm as suas desculpas. Eu devia era estrangular você.

Laura enxugou as lágrimas que lhe umedeciam toda a face, com a manga rota do vestido, e disse-lhe, ousadamente:

— Pode me estrangular.

Romão a considerou com seus olhos enormes e verdes, querendo se certificar se aquilo era coragem mesmo ou simples histerismo. Não tirou conclusão alguma, mas resolveu continuar insensível.

— Tenho nojo de tocar em você.

— Então me dê um tiro.

— Tenho poucas balas, benzinho, e todas elas são pro seu macho.

Laura ergueu-se, num salto, e deu uns passos na direção dele, como se pretendesse agredi-lo. Estava furiosa.

— Por que você não matou ele? Aposto que teve medo, aposto.

Romão empurrou-a outra vez e ela caiu sobre a esteira.

— Eu, medo daquele verme? Não destripei ele porque aquele caboclo desgraçado disparou a espingarda. Ah, eu ter medo daquele filho duma cadela!!

Laura baixou a cabeça, arrependida da acusação, e rompeu a chorar outra vez.

— Sei que você não tem medo dele. Eu tenho, porque sou mulher. Mas ainda hei de cuspir no cadáver do Silvério.

Romão sentou-se ao lado dela, e prometeu:

— Ainda eu pego aquele bandido. — E perguntou, com divertida curiosidade: — Então vocês brigaram mesmo? Por que foi?

Ela pensou um pouco, e respondeu:

— Eu não queria me internar. Disse pra ele que preferiria a morte. E ele teve de ir embora sem mim.

— Mulherzinha valente, hein? — admirou-se Romão, já simpatizado. E se pôs a observar-lhe o corpo sob os andrajos que ela vestia. Mas não acrescentou mais nada, suspenso sobre um risinho feliz e libidinoso.

Laura se recostou no possante braço do homem, e fez suas mãos arroxeadas deslizarem pela cabeça dele. O olhar, lânguido e quente, fitava-o com delícia. Ele não a repeliu, como ela esperava. Disse-lhe:

— Mal larga um macho já anda procurando outro, hein? — E puxando-a para si: — Eu devia lhe torcer o pescoço, mas o preço da carne tem subido muito ultimamente.

***

A caravana não pôde seguir tão depressa como se desejava. O velho, embora melhorasse depois da extração da bala, não estava ainda em condições de viajar e rogava aos companheiros que esperassem mais dois ou três dias. Marques era de opinião que pusessem o ferido numa padiola e seguissem adiante, para não perder tempo. Romão, no entanto, não concordava.

— O pobre homem não aguenta a viagem — dizia. — E a gente precisa ter pena dos velhos.

Marques respondia que sim, mas sabia que Romão não estava sendo sincero, e que era outra a razão que o fazia optar pelo adiamento da partida.

Nada retrucava, porém, para não se chocar com o homem que conseguira afastar Silvério.

Com um sorriso de triunfo, Romão entrou na barraca. Laura o esperava, ansiosa.

– Não precisa se aborrecer, boneca. Convenci o Marques pra gente ficar aqui mais alguns dias. Podemos farrear à vontade.

Laura ergueu-se, orgulhosa da habilidade de Romão, que era um reflexo da sua habilidade, e abraçou-o ternamente.

– Você sempre embrulha eles, não é?

– Quando quero, embrulho todo mundo – bazofiou Romão.

– E a mim, você embrulha também?

– Não. Nunca minto pras mulheres. Mas, quando uma me engana, destripo ela. Sou assim. – E tocou-lhe o pescoço com sua mão enorme.

Laura fez cara de zangada.

– Se você não confia, se afaste.

– Afaste você, a barraca é minha, berrou. – Vá saindo que estou de lua.

– Que negócio lhe deu?

Ele largou-se na esteira, desarrolhou a garrafa de aguardente, tomou um gole e tornou a arrolhar a garrafa. Sentira-se subitamente nervoso e não sabia por quê. A explicação veio a furo, arrebentando na cara de Laura, que sentara ao lado.

– Por que inventaram as gafarias? – indagou, indignado, sacudindo-a pelos ombros. – Vamos, diga. Por que inventaram as gafarias?

– Não sei – ela respondeu, julgando-o enlouquecido.

– Alguém tem de me dizer. Por que inventaram as gafarias? – voltou a berrar, alucinado. – São piores do que cadeias, sabe? Tem cerca ao redor. Quem passar a cerca leva bala. Tem cadeia. Estive três meses na cadeia. Me davam comida numa lata. A gente mijava nas paredes porque não tinha ralo. Uma vez ficamos uma semana sem comer. Eu e mais oito. Um deles tinha tanta fome que comeu um pedaço da cinta. Outro começou a vomitar sangue, sangue, sangue até morrer. Só três dias depois que tiraram o corpo de lá. Ninguém aguentava o cheiro, mas não traziam comida em tempo, a gente tinha de comer o cadáver. – Arrancou um lenço do bolso e enxugou demoradamente o suor que nascia dos poros do rosto. – A gafaria não me pega mais – disse.

— Como foi que você fugiu? – ela perguntou.

— Com um pontapé no estômago do carcereiro. Custou três meses pra ele vir trazer a comida sozinho. Um dia ele veio. Era um velhinho, que também estava internado. "É agora, Romão", eu disse pra mim mesmo. "Ou vai ou racha". Estendi o homem no chão com o pontapé. O bicho nem gemeu. Depois, abri a porta da cadeia e safei-me. Quando eu passava a cerca, deram um alarme. Mas já era tarde.

— Contando, parece fácil.

— Parece fácil, mas só um macho podia fugir como eu fugi.

— Mas por que você está tão nervoso? Isso já passou.

— Eu sei que passou, mas às vezes me lembro e fico com raiva. O diabo é que não sei de quem ter raiva. Isso que é o pior.

— Silvério dizia: "Um sujeito esperto vive em qualquer lugar. Vou pro Asilo e me arranjo. Quem viver verá".

— Não me fale desse cara – uivou Romão, dando-lhe uma cotovelada.

— Você bebeu veneno?

— Já disse: estou com a gafaria dentro dos olhos.

— Tome mais um trago.

— Você quer me ver bêbedo?

— Maldita desconfiança.

— Me dá a pinga.

Laura passou-lhe a garrafa e ele tomou mais um gole. Repetiu-o.

— Gozado! – exclamou, enxugando os lábios com as costas da mão. – Tem hora que eu olho pra você e você me parece a Ana. Outras vezes me parece a mulher que deixei em Minas. Gozado isso!

— Sou a mulher que você quiser – disse Laura.

— Chega pra cá, filhota.

— Espere anoitecer.

— Não.

Era uma cena das mais lúbricas a que Lucas tinha diante dos olhos, mas não retrocedeu um passo. Precisava falar com Romão, que há três dias não saía da barraca. Pregou um par de olhos maliciosos no casal, deitado ali na esteira.

— O que você veio fazer aqui? – trovejou Romão.

— A comida acabou, — disse Lucas — e Marques mandou eu, você e mais alguns fazer compras na vila. Vamos.
— Não vou.
— Se está com medo, pode dizer.
— Medo de que, velho?
— Viram um carro da Profilaxia na vila.
— Verdade?
— Tião viu o carro.

Os olhos de Romão brilharam, sentindo a atração do perigo, e ele levantou-se, ligeiro, empurrando a Laura para o lado.
— Será que a gente encontra o carro mesmo, Lucas?

Laura protestou, segurando o amigo pelo braço:
— Fique aqui comigo. Não queira aparar bala com o peito.
— Calma, eu volto já, boneca.
— Vá e se arrependa depois.
— Não segure seu homem que ele está em missão — disse Romão desprendendo-se dela. — Pra você tem a noite toda.

Ao sair da tenda, os dois foram ao encontro de Miguel, Mendes e Plutão, que também iam à vila. Antes de partirem, o velho Marques aproximou-se deles para alguns conselhos.
— Não vão pela estrada principal. Sigam por aquele atalho que passa perto da fazenda. É muito mais seguro. Façam o possível para não demorar, senão nós ficamos com a pulga atrás da orelha.
— Voltamos logo — disse Lucas.
— Boa sorte! — augurou o velho, e girou militarmente sobre os calcanhares.

Marques começou então a visita habitual de barraca em barraca para vistoriar os preparativos da retirada e o ânimo do pessoal. Ninguém discutia mais. Não havia mais otimistas nem derrotistas. Entregavam-se todos a seu destino, num abandono que favorecia aos passos mais audazes. O único que tinha consciência exata da situação era ele próprio, Marques, e talvez por isso mesmo estivesse, no íntimo, mais inquieto que os outros.

Ao entrar na barraca de Pedro, deu com os olhos na memória em que viviam aquelas duas crianças e, por um breve momento, seus olhos se nublaram.

Pedro recebeu-o com os braços abertos, e fê-lo sentar-se a seu lado, sobre a esteira.

— Felizmente vamos pra diante — disse. — Há um tempão que venho dizendo a esta gente pra obedecer o senhor e ninguém me dava ouvido.

Marques sorriu, lembrando-se do vira-casaca que o Pedro era. Mas talvez acreditasse na felicidade dos fracos, porque disse ao amigo, com certa admiração por ele:

— Você é feliz, Pedro, porque não nada nunca contra a correnteza.

Pedro, que não o entendeu bem, concordou plenamente, e convidou o patriarca a tomar um gole de cachaça. O velho aceitou, embora não fosse um apaixonado do álcool, e ficaram ambos em silêncio, a ouvir o vozerio contínuo que vinha das outras barracas.

Ouviu-se, subitamente, o roncar de um ou mais carros avançando pela estrada. Marques levantou-se, sobressaltado.

Pedro procurou acalmá-lo:

— Às vezes passam carros por aqui. Nunca viu os carros-tanques de óleo cru que vão para a cidade?

— Já vi, sim, mas convém dar uma olhadela.

Assim que saiu da barraca, os olhos de Marques viram algo assustador, e ele começou a dar ordens súbitas.

***

Romão cavalgava à frente, pois tinha mais pressa de chegar ao acampamento que os companheiros. Não iam pelo atalho, mas pelo campo, para encurtar o caminho. Carregavam enormes cestos e sacos cheios de mantimentos, e Plutão parecia aflito por não ter trazido o bilboquê.

O sol forte do meio-dia açoitava a lona cáqui e rota das barracas, e todo o acampamento estava envolto num silêncio profundo, nada comum naquele lugar onde viviam quase trezentas pessoas. Não se via ninguém e algumas barracas estavam derrubadas. Viam-se pratos e utensílios de cozinha espalhados pelo chão. Um violão, no centro do acampamento, parecia ter sido pisado e algumas peças de roupa estavam espalhadas pela terra.

Romão desceu do cavalo, estranhando tudo aquilo. Não vendo nenhum gateiro, pôs a mão em concha na boca e chamou:

— Maaaaarques!

Ninguém respondeu ao chamado.

Os outros desmontaram também, e Miguel, notando a falta dos cavalos, arriscou uma tímida suposição:

— Será que partiram sem a gente?

Lucas apontou um corpo tombado perto da igreja.

— Vejam!

Correram na direção do corpo. Lucas foi o primeiro a chegar. O homem estava de bruços. Tinha o peito varado por uma bala. O sangue de suas vestes e do chão, a seu redor, já se coagulava. Os olhos abertos ameaçavam saltar das órbitas. Na boca, um rictus de indignação. E o indicador apontava resolutamente o norte, numa ordem que ninguém se atrevera ou tivera tempo de cumprir.

— Era um bom sujeito, o Marques – disse Lucas, sentando-se ao lado do cadáver. E por um momento teve a impressão de ver a mão dele procurar o lóbulo da orelha para esprêmê-lo. Todos tiveram esta impressão.

— Como será que aconteceu isto? – perguntou Romão, perplexo.

— Silvério teve tempo de avisar o posto sanitário.

— A gente devia ter ido embora logo – disse Miguel.

— A culpa foi minha – confessou Romão, moendo-se de raiva. – Laura me segurou. Ela não me deixava seguir.

— Pra dar tempo de chegar os inspetores – acrescentou Lucas.

— Isso mesmo! – concluiu Romão, tardiamente. – É a segunda vez que aquela cadela me ludibria.

— Não haverá terceira – disse Lucas. – Todos estão lá dentro, no Asilo. Somos os últimos gateiros.

"Seu" Mendes foi o primeiro a lembrar:

— Temos que enterrar o corpo.

Os outros se entreolharam, a consultar-se mutuamente. Lucas falou por todos:

— Um homem destes não se esconde num buraco nem depois de morto.

Ficaram longo tempo olhando o cadáver. Do interior da igreja abandonada, parecia ouvir-se vozes das rezas que não foram atendidas. A voz enérgica do frei também chegava até eles. E sentia-se ainda o cheiro enjoativo das velas.

— Pra onde a gente vai agora? – perguntou Miguel, que sempre se preocupava com o futuro.

Romão levantou-se resolutamente e olhou aos companheiros já com aquele seu ar gaiato.

— Vou pra Minas – disse. – Quem quiser que venha comigo.

Os outros não disseram nada, mas foram silenciosamente desarmar a barraca e arrumar suas coisas. Romão, montado no cavalo, já ia longe.

LIVRO TERCEIRO
O FIM DA TRILHA

O sol escondeu-se atrás das montanhas, levando consigo o calor e a vida. As nuvens fizeram-se escuras e pesadas, e cobriram por inteiro os campos desertos. Junto com a ameaça de chuva, vinha um frio acre e molhado. Ventava, também. A estrada era como um rio negro e estagnado. Os relâmpagos, repetidos, revelavam momentaneamente a aridez absoluta dos campos, e mais ao norte um agrupamento de enormes pedras cinzentas.

O vulto de cinco cavaleiros surgiu de imprevisto na estrada, e foi seguindo na direção das pedras. Com os chapelões enterrados na cabeça e as mãos em concha diante dos olhos, protegiam-se da poeira que o vento levantava. Um deles atirava palavrões indecorosos contra o mau tempo. Depois duma íngreme subida, chegaram, enfim, à pedreira.

— Tem um buraco aí pra gente se esconder.

— Que bruta sorte, Lucas! Pensava que a gente ia apanhar a chuva.

— Amarrem os cavalos.

Os cavaleiros desmontaram, amarraram firmemente os animais, para que não fugissem, espantados com os trovões, e entraram pela boca estreita e escura da caverna.

Logo à entrada, ouviram uma voz fanhosa de mulher:
— Não pisem nos meus pés.
— Tem gente aí?
— Sou gente ou sou bicho?
— Tire os pés da frente, então — disse Romão.
— Esperem, vou acender uma vela.

Uma luz enfermiça e amarela clareou o interior da caverna, e eles vislumbraram uma velha esquelética, embrulhada nuns trapos de diversas cores. À cabeça, usava uma faixa sarapintada.

Romão olhou-a bem.
— Parece que conheço você.
— Só não me conhecem os gateiros que ainda não nasceram.
— Você não é a Malvina?
— Em pessoa.

O gateiro soltou um brado de contentamento, e largou-se no chão, diante da velha.
— Pensei que você tinha morrido!
— Deus não me quer e o diabo me despreza.
— Já viveu cem?
— Pergunte pro demo, ele sabe.

Lucas cutucou o companheiro.
— Quem é esta velha?

Romão admirou-se da pergunta.
— Não conhece ela? É a Malvina. — E explicou aos outros: — Malvina adivinha a sorte da gente, lendo a palma da mão. É uma diaba pra acertar. Quando diz que a gente vai se estrepar, a gente se estrepa mesmo. E não explora ninguém.

A velha Malvina sorriu, vaidosa, lixando a ponta da língua no céu da boca.
— Tenho o dom.
— Está vivendo neste buraco, Malvina?
— Estou só de passagem. Vou indo pra gafaria.
— Por quê?
— Lá tem cama, tem comida, tem tudo de graça. E é lá que estão os

meus fregueses. O sangue de Malvina é bom. Ela pode viver em qualquer lugar sem susto.

– Então estamos de sorte em encontrar você – disse Romão. – Queria que me lesse a palma da mão, como fez uma vez. Lembra?

– Posso ler, mas antes quero um gole de cachaça. Estou morrendo de frio.

Todos tomaram uma caneca cheia de cachaça e, logo em seguida, mais outra. Já não sentiam o frio da noite, e começavam a ficar alegres.

Romão estava exultante:

– Vamos, leia minha mão, Malvina. Quero saber se encontro minha fêmea lá em Minas. – E para facilitar o trabalho da velha, adiantou: – Ela é morena, magra e canta músicas tristes.

Depois de enxugar a boca com um lenço encardido, Malvina pegou a manopla do gateiro, e principiou a tatear-lhe as linhas com seus dedos engelhados e ágeis.

Incredulamente, Lucas olhava divertido para ambos. Era um sujeito superior e não acreditava no sobrenatural. Mas o momento era solene e ninguém se atrevia a quebrar o silêncio.

A velha largou de repente a mão de Romão e lançou-lhe um olhar medonho.

– Você está com um pé na cova – disse. – Está escrito aqui.

Romão alarmou-se:

– Vou morrer de doença?

– Vai morrer matado – assegurou Malvina.

Correu nova rodada de aguardente.

Agora todos estavam profundamente amargurados, e Romão ainda mais do que os outros. Não queria morrer. A velha, porém, sentia-se poderosa e feliz.

– Com o que vão me matar? – quis saber.

– Com um saca-rolhas – respondeu Malvina, fazendo o indicador dar giros como se fosse uma broca.

Lucas, já embriagado, prometeu a Romão que mandaria plantar uma cruz sobre o seu túmulo, e Miguel sugeriu que enterrassem o violino junto dele. Falaram também na possibilidade de roubar uma coroa de flores da casa funerária da vila e de arranjarem um padre para dizer uma missa.

— Quem tem amigos não morre de olhos abertos – disse a quiromante.

Romão não se resignou com a solicitude dos amigos. Apavorado com a ideia da morte próxima, decidiu reagir. Sacudindo violentamente a velha pelos ombros, como se ela fosse uma boneca de pano, berrou-lhe:

— Não acredito nessa história "sua" bruxa duma figa!

— Tenho o dom – defendeu-se Malvina, com valentia.

— Eu não vou morrer, vou pra Minas, ouviu?

— Tem gateiros que vão, tem gateiros que voltam.

Romão apertava-lhe os ombros, ainda.

— Leia a mão outra vez, você me enganou da primeira.

A quiromante continuava firme:

— Já disse: você está no fim da trilha.

Romão voltou a sentar-se, já mais tranquilo. Encheu outra vez a caneca até as bordas e derramou a cachaça na garganta sempre ressecada. Os outros, a seu lado, falavam mal da vida para que ele se conformasse com a morte próxima. Lucas filosofava em defesa da morte. Na escuridão quase impenetrável da caverna, pois, a vela já se apagava, Romão tateou o violino e, antes que os amigos interviessem, pôs-se a tocar uma música tão lúgubre como a que tocara por ocasião da morte de Elefante. Os outros tinham vontade de estrilar, e Miguel pensava em arrancar, protegido pela escuridão, a última corda que restava ao violino. Mas ninguém fez nada para interromper a música, porque eles bem compreendiam o estado de espírito de Romão.

— Tenho o dom – repetia Malvina, sonolentamente. – Vão lhe enfiar um saca-rolhas nas tripas. – Recostou-se na parede da caverna e deixou a cabeça tombar sobre o ombro mirrado. Pouco tempo depois, dormia e roncava.

Os gateiros, cada um por sua vez, foram vencidos pela embriaguez pesada da cachaça. Adormeceram uns sobre os outros, numa só pilha humana. Só Romão continuou acordado, tocando ainda o violino, numa fúria crescente, enquanto lá fora o temporal surrava a terra estéril e sem aromas.

***

Os cinco gateiros e a velha quiromante ficaram uns três dias e três noites metidos na caverna. Quando a chuvarada enfim passou, saíram para fora tão contentes como se tivessem escapado duma cadeia. Ao sentir os raios quentes do sol, Plutão se pôs a saltar, alegremente.

Romão acercou-se de Malvina.

– Você vai pro Asilo?

– Na minha mão está escrito, a minha mão obedeço.

– Monte no cavalo e vamos pra Minas.

– Malvina tem uma palavra só. Até logo pra todos.

Imediatamente, Malvina tomou o rumo do Asilo, e eles se prepararam para seguir viagem.

Miguel, que fora o primeiro a deixar a caverna, deu uma triste notícia aos companheiros:

– Dois cavalos arrebentaram a corda e fugiram.

– O demo está contra nós! – urrou Romão.

– Vamos ver se encontramos eles – disse Miguel.

Deram uma longa volta pelos arredores, à procura dos dois cavalos fugitivos, sem encontrá-los. Teriam de ir adiante mesmo sem eles. Plutão montou com Lucas no lombo do Balão, e "seu" Mendes e Miguel montaram o Pretinho. "O Balão, porém, não estava em condições de aguentar uma dupla carga no lombo. Depois de uma hora de caminhada parecia mais morto do que vivo. Não tardou que recusasse caminhar, acabando por dobrar-se confortavelmente sobre as pernas traseiras.

– Agora estamos bem arranjados – disse Lucas – Quando este cavalo empaca, demora no mínimo uma semana pra andar outra vez.

Atiraram-se, os cinco, desanimados, sobre a barba-de-bode. Romão, o mais desanimado de todos, não estava longe de chorar. Tudo cooperava contra eles.

– Com estes matungos vamos demorar uns três meses pra chegar em Minas, e eu dava um braço pra chegar lá ainda hoje. Que bom se a gente pudesse tomar um trem, como fazem os sadios. Pra eles tudo é fácil, e ninguém impede eles de fazer o que entendem. O ruim é que precisam trabalhar no pesado.

– Se apanharem a gente, nós também teremos de trabalhar no pesado – lembrou Miguel, tristemente.

— Nunca nos apanharão, nós estamos indo pra Minas — disse Romão, com um brilho de felicidade nos olhos. — O que você diz, Lucas?

— Acho que a gente escapa, mas gostaria de saber como as coisas vão ser em Minas. Será que lá não tem Profilaxia como aqui?

— Ouvi dizer que tem — respondeu "seu" Mendes. — A Profilaxia é uma lei federal. Li isso nos jornais.

— Vocês tão enganados — retrucou Romão. — Em Minas não tem asilos, e a gente pode viver lá livremente. Ninguém me garantiu, mas tenho certeza disso. E como seria, se a gente não tivesse um lugar pra ir?

— O asilo está aberto para todos — lembrou "seu" Mendes.

Romão arregalou os olhos.

— O senhor está pensando em se internar? Se quiser vá. Ninguém lhe segura.

Sacudindo a cabeça, "seu" Mendes começou a dizer:

— Desde que o frei foi embora me sinto no ar. Antes eu tinha um desejo firme: curar-me e voltar para casa. Agora já não sei direito o que eu quero.

— Eu tenho um desejo firme — disse Romão. — Ir para Minas. Tenho de chegar lá de qualquer jeito.

Nesse momento, um carro de passeio, sem capota, cortou a estrada, levantando uma nuvem de pó. A buzina, estridente, ouvia-se de longe. Ao dobrar uma curva, diante dos cinco amigos, o automóvel patinou e subiu nos campos, parando bruscamente. O motorista, porém, continuava a buzinar como se o carro estivesse em movimento numa avenida metropolitana.

Romão levantou-se, encantado com o belo automóvel.

— Vamos dar uma olhadela naquele carro — disse. — Faz tempo que não vejo um de perto.

Os cinco dirigiram-se a passos lerdos para o carro. Ao vê-los aproximarem-se, o motorista começou a acenar-lhes, festivamente, ao mesmo tempo que batia a mão sobre a buzina. Estava vestido com elegância e parecia homem bem-humorado.

— O senhor quer alguma coisa de nós? — perguntou Romão, passando a mão no para-lama reluzente.

O motorista, sempre rindo e insistindo em manter abertos os seus pequenos olhos sonolentos, respondeu:

– Eu só parei para perguntar aos senhores que dia da semana é hoje.

– Se o Quincas estava aqui ele podia responder pro senhor – disse Romão. – O Quincas tinha um almanaque, e era um sujeito sabido pra muita coisa.

– Vocês não sabem onde posso encontrar alguém que me diga que dia é? Antes de saber isso, não posso voltar pra casa. Minha mulher não sabe que fui pra farra.

– O Quincas está morto, e o senhor não pode encontrar mais ele. Mas se for até a vila, pode perguntar ao vendeiro.

– Então vou até a vila. Vou a noventa quilômetros por hora. Isso de andar devagar é para maricas – disse o motorista, recomeçando a espancar violentamente a buzina.

Romão acercou-se dos companheiros para dizer, em voz baixa:

– Bêbedo como está, este homem vai se arrebentar todo com o automóvel. Pode dar um encontrão numa pedra ou cair num barranco. Tenho muita pena dele.

Adivinhando as intenções de Romão, Lucas acrescentou:

– O coitado deve ter família, e a família vai sentir muito a falta dele, se ele morrer.

Romão não quis ouvir mais nada.

– Vamos salvar este sujeito.

Segurando fortemente a mão do motorista, e dando um safanão, fê-lo voar sobre a porta do carro para cair na relva. O homem levantou-se, atordoado, e avançou contra Romão, bombardeando-o com uma chuva de socos. O gateiro encostou-lhe a mão no peito, para guardar a distância, e deixou o motorista golpear à vontade. Alguns minutos depois, cansava-se e tombava no chão, em pleno sono.

– Salvamos a vida dele – ufanou-se Romão. – Quando passar o porre, o homem vai agradecer muito o que a gente fez.

Lucas cutucou o corpo do ébrio com o pé.

– Ele vai ficar dormindo muito tempo – disse.

– Umas quatro ou cinco horas.

– Pena que não sabemos guiar, senão a gente podia dar uma voltinha de carro.

Romão abriu os braços.

— Ora, se um bêbedo pode guiar por que nós que não estamos bêbedos não podemos?

Diante de tão poderoso argumento, ninguém pode fazer objeção, e Romão saltou para o volante. O motor ainda estava ligado. Lucas sentou-se ao lado, como conselheiro-mor do motorista, e os outros três subiram atrás. Plutão, radiante, pulava sobre o molejo do carro.

A conselho de Lucas, o motorista se pôs a girar todas as chaves e a acionar todas as alavancas que encontrava, mas o carro não saía do lugar. Estavam já desanimados quando, por acaso, engatou a marcha e o carro disparou, numa arrancada súbita. Romão pisou no acelerador e descobriu, encantado, que ele fazia aumentar a velocidade, mas se atrapalhava muito com o guidão, que sempre virava mais ou menos do que era necessário para fazer uma curva.

Ao lado do motorista, Lucas dava-lhe conselhos em altos brados. Alguns conselhos eram bons, outros não. Miguel, que ocupava o assento de trás, tocava incessantemente a buzina, tombado sobre o ombro do pai, dificultando-lhe o trabalho. Plutão continuava saltando no assento e "seu" Mendes se encorujara junto à porta, pronto a saltar fora a qualquer momento.

— Olhe pra frente! — berrou Miguel.

Um burro aparecera na estrada e o carro ia arrebentar-lhe o traseiro. Mas Romão torceu diligentemente o volante, e o carro bateu na cabeça do animal, que se estatelou no chão.

— Era apenas um burro velho — disse Romão.

O carro seguia velozmente pela estrada, com a buzina sempre em funcionamento e os cinco ainda dentro dele.

— Vamos dar um passeio na vila — sugeriu Miguel, entusiasmado. — Toque pra lá, pai.

Romão torceu a direção e o carro tomou a esquerda, por uma estrada esburacada que levava à vila. Era aquela uma estrada perigosa para o trânsito de carros, por causa dos buracos, mas o automóvel ia a mais de oitenta quilômetros por hora. Voava.

Uns dez minutos depois, o carro surgia na rua principal da vila. Romão ficou aturdido com o enorme movimento de carroças, bicicletas e pedestres.

Também alguns carros transitavam pela rua. Mas ele não diminuiu a marcha. À passagem do carro, todos os transeuntes que iam atravessar a rua voltavam para trás, e muita gente, despertada pelo barulho ensurdecedor da buzina, saía às janelas para vê-lo passar.

No final da rua, havia uma pequena praça, e lá estava instalada a feira-livre, com dezenas e dezenas de barracas vendendo gêneros a preços módicos. A metade da população da vila achava-se na feira, onde o trânsito de carros ou de qualquer veículo era inteiramente impossível. Mas Romão não sabia controlar a velocidade do carro nem seria capaz de fazê-lo parar. Investiu contra as barracas da feira a toda a velocidade.

– Cuidado, asno! – berrou-lhe Lucas.

Romão, desorientado com o movimento da feira, pôs a mão em concha na boca, e gritou com todas as forças dos pulmões:

– Saiam da frente, diabos!

A primeira barraca era de tomate, o que levou muitos a pensarem que o número de vítimas fora ainda maior do que aquelas que tombaram realmente. Umas quatro pessoas ficaram estateladas entre os destroças da barraca. Seguiu-se uma barraca de arroz, e depois de derrubá-la, o carro passou sobre os sacos de cereal. Parecia uma montanha russa. A multidão, esbaforida, punha-se em fuga, derrubando outras barracas, e os populares que caíam no chão eram pisados pelos fugitivos, e no chão permaneciam, como mortos. A terceira barraca que apareceu à frente do carro era de galinhas, frangos e tudo quanto era aves para a mesa. Essa barraca foi destroçada como as anteriores, e dos seus destroços dezenas de aves começaram a esvoaçar, libertas, pela praça da feira. Um belo espetáculo!

Plutão conseguiu segurar uma galinha, com as mãos ávidas, mas logo ela lhe fugiu. Mais duas ou três barracas tiveram a mesma sorte, e o carro finalmente atravessou a feira-livre, coberto de penas e cheio de arroz, como um carro de recém-casados. Quando olharam para trás, e viram as barracas derrubadas ou destroçadas, tiveram a impressão de que passara um ciclone pela feira. Mas não se assustaram porque sabiam que se tratava apenas dum carro de passeio.

Voltaram para a estrada, sempre a toda velocidade.

— Tive uma grande ideia! — exclamou Romão. — Vamos para Minas de carro. Nesta bodega hoje mesmo estaremos lá, se não acontecer nada.

Os outros aprovaram a ideia imediatamente. Miguel, porém, protestou:

— Isso é que não! Não quero ficar sem o pretinho. Pra mim ele vale mais do que esta geringonça.

— Podemos levar o Pretinho no carro.

— Será que ele cabe?

— A gente dá um jeito.

— Então vamos para Minas! — bradou Miguel, delirante.

Romão sentia-se importante guiando o carro. Dizia, feliz:

— Não vejo a hora de ver a cara dos outros gateiros quando virem o automóvel. Nunca um gateiro teve um.

Miguel fazia planos:

— O carro só serve pra passeio. Ninguém dá esmolas pra quem tem automóvel — ponderou Lucas.

— Chegando lá, o melhor é vender o carro — disse "seu" Mendes.

— Nunca! — berrou Romão. — Não sou desses que gosta de vender o que tem. Uso até não prestar mais. E com esse carro vai se dar o mesmo. Enquanto puder andar, não deixo ele nem vendo pra ninguém.

— Vamos, pise no pedal — gritou Miguel. — A gente precisa chegar logo.

— Eu piso, mas ele não apressa. Parece que está cansado!

Quando se aproximava dos cavalos e do bêbedo, que ainda dormia no chão, o carro foi perdendo a velocidade, até parar duma vez. Todos ficaram estupefatos com a parada, e Romão ainda mais do que os outros. Começou a sacudir desesperadamente todas as alavancas, girar todas as chaves e a espancar com as mãos o motor fumegante do carro.

— Acho que encrencou — trovejou Romão, pisando com os dois pés no acelerador.

Lucas, que sempre sabia a causa das coisas, disse:

— Acabou a gasolina.

— A gasolina?!

— Sem ela o carro não vai pra frente. Não adianta pisar no pedal.

Romão não queria aceitar a amarga verdade, assim como Miguel e "seu" Mendes. Plutão, porém, continuava a cabritar no assento, iludido.

— Mas nós precisamos ir pra Minas de carro!

— Acho que não podemos ir – disse Lucas, desviando o olhar.

— A gente não pode comprar gasolina?

— Custa muito dinheiro, e é preciso comprar óleo também.

— Arranjamos o dinheiro. Eu sei onde – garantiu Romão, olhando para a direção onde o dono do carro dormia.

— O dinheiro podemos arranjar, – respondeu Lucas – mas ninguém nos venderá a gasolina. O dono da bomba ia fazer uma porção de perguntas encrencadas e podia chamar a polícia, porque não temos carta nem documento algum.

O argumento era forte, não permitia resposta.

Os quatro ficaram pensativos, e no mais completo silêncio. Depois, um a um, saíram do carro. Miguel quis antes tocar a buzina mais uma vez e Plutão precisou ser arrancado do assento. Romão foi o último a descer: saiu com vagar e fechou a porta delicadamente.

— Foi divertido aquele passeio na vila – disse Miguel.

Mas ninguém comentou o passeio.

Seguiram pela estrada, a pé, e ainda calados, ao encontro dos cavalos. Caminhavam de cabeça baixa, com as mãos abanando, e de quando em quando, paravam para olhar o carro, que brilhava à distância. Não disseram uma única palavra pelo caminho.

***

Durante aquele dia todo, os cinco amigos cavalgaram o mais depressa que puderam, apesar do calor forte. Tinham de chegar logo a Minas. Às vezes paravam para dar água aos animais, mas era só uns minutos e prosseguiam a fuga. Sim, a fuga. Desde que Marques fora baleado, aquilo deixara de ser uma retirada. Era uma fuga. E nada garantia que os inspetores sanitários não estivessem atrás deles. Enquanto não atravessassem, enfim, as fronteiras do Estado, ainda distantes, correriam perigo.

Montando o Balão, agora, Romão ia na frente. Era o que estava mais ansioso por chegar. Lucas e Plutão seguiam pouco atrás, montados no mesmo animal, e os últimos eram Miguel e "seu" Mendes. Este não ia nem muito temeroso nem muito entusiasmado. Minas, para ele, não representava uma salvação. A salvação residia no frei, em que secretamente ainda acreditava, e o frei fora embora.

Já escurecia quando viram ao longe a torre duma pequena e rústica igreja dum lugarejo que não teria mais do que duzentos casebres. Era uma igreja quase toda de madeira, com a mais desoladora aparência que uma construção possa ter. Apesar disso, Romão ficou maravilhado com ela, porque sempre tivera devoção pelas igrejas, como por todas as coisas do espírito. Desmontaram, exaustos.

– Sempre que vejo uma igreja me dá vontade de entrar nela – disse. – É por causa da música.

Lucas foi se sentando na relva.

– Não gosto dos padres – aparteou. – Eles querem que a gente acredite numa coisa à força. E tem pessoas que morrem sem acreditar em nada. Acho que sou uma delas.

Indo sentar-se ao lado do velho, Miguel confessou:

– Pois eu gostava do frei.

– O frei era um bom homem, – disse Lucas – mas estava errado a respeito duma porção de coisas que os outros também não sabem. Ele queria que a gente amasse a Deus quando isso é muito difícil. Ninguém ama o que não conhece de perto. Os homens têm medo de Deus, isso, sim. Imaginam que Deus é igualzinho a eles e por isso têm medo. Se eles pensassem que Deus é igual a um animal qualquer ou a uma coisa qualquer aí não se preocupavam com Deus.

– Deus é o nosso Senhor – comentou "seu" Mendes, que não prestara atenção no discurso de Lucas.

Romão voltou-se aos companheiros:

– Vamos dar um pulo até à igreja. Se o órgão está tocando, a gente fica um pouco sentado nos bancos. Faz tempo que não entro numa igreja.

"Seu" Mendes aplaudiu a ideia:

– Um pouco de reza não faz mal a ninguém.

Lucas tentou dissuadi-los da ideia, mas Romão estava disposto a ir à igreja. Nada o impediria. Por fim, o velho acabou cedendo e os cinco seguiram a pé para a vila.

— Espero que eles tenham um órgão – disse Romão, quando subiam a pequena escadaria que levava ao templo.

Ao entrar, Romão tirou respeitosamente o chapéu e arrancou o chapéu da cabeça de Lucas. Foram sentar-se num dos primeiros bancos, e lá ficaram, em silêncio, olhando embevecidos para o altar. Sentiam-se bem, lá dentro, porque não havia ninguém na igreja e a escuridão era quase completa.

Subitamente, o sino começou a tocar. Assustado, Plutão levantou e precipitou-se para a porta da igreja, na maior das carreiras. Não chegou, porém, a sair, porque Romão correu atrás dele, segurou-o em tempo e levou-o de volta para o banco.

Depois do badalar, que demorou uns dez minutos, os fiéis foram chegando, e num curto espaço de tempo a igreja ficou repleta. Aí, então, ouviu-se o órgão, e Romão sentiu-se como se estivesse nas nuvens. "Seu" Mendes não tinha a mesma alegria do amigo, porque a música lhe trazia velhas recordações. Miguel e Plutão também se mostravam alegres. Lucas era o único que se mantinha insensível ao ambiente da igreja, olhando para o altar duma forma desrespeitosa.

Quando a música terminou, o padre deu início à missa. Romão, às vezes, pregava os olhos na sacola da coleta, mas logo desviava o olhar, procurando concentrar-se na missa. Ao seu lado, "seu" Mendes movia os lábios, rezando. Miguel abria a boca, morto de sono.

— Este padre é um sabichão, – disse Romão – mas ele fala demais. Gostava que o órgão tocasse de novo. Gosto pra burro do órgão.

— Isto não acaba mais – lamuriou, Miguel. – Quero ir embora.

— Fique quieto – advertiu Romão. – O pessoal pode estrilar.

— O órgão está tocando de novo – disse "seu" Mendes.

Os sons harmoniosos do órgão despertaram Plutão, que dormira durante toda a missa. Acordou alegre com a música, e como sempre fazia quando estava alegre, tirou o bilboquê da cintura e começou a jogar. Romão não o deixou ir longe com o jogo: deu-lhe um safanão tão forte na cabeça que o demente tombou sobre um senhor que estava a seu lado.

Este senhor não disse nada, mas alguém atrás se indignou:

— Mas isso é um insulto! Brigarem dentro duma igreja!

Romão, que ouvira perfeitamente essas palavras, virou-se para trás, e explicou delicadamente à pessoa que se indignara:

— Não estamos brigando, caro senhor. Dei o safanão pra ele deixar o maldito bilboquê. Eu, por mim, já tinha largado esse louco na estrada, mas Lucas cisma de levar ele pra toda a parte.

O homem arregalou os olhos e, empalidecendo, perguntou:

— Vocês são mendigos da estrada?

Romão consultou Lucas num rápido olhar, e respondeu, sinceramente:

— Somos, sim, meu senhor. Eu sei que a gente não devia vir aqui. Os outros têm medo. Mas eu estava com uma vontade doida de entrar na igreja. Todos estávamos, menos o Lucas, que não gosta de padres.

À medida que Romão ia falando, o crente arregalava ainda mais os olhos, e empalidecia. Tinha já perdido toda a cor. Os fiéis que estavam a seu lado também olhavam com espanto para Lucas e seus amigos. Um chamava a atenção do outro, e não demorou a que toda a igreja olhasse para eles, com o mesmo espanto e a mesma indignação. Os gateiros tinham invadido o templo!

O padre também foi notificado da presença dos mendigos na igreja, e aproximou-se deles. Disse a Romão, bem baixinho, guardando alguma distância:

— Acho melhor os senhores saírem daqui, senão os crentes vão embora, e é capaz que não voltem nunca mais.

Lucas olhou-o, enfezado:

— Escute aqui, padre: qualquer um pode entrar numa igreja. Têm cinemas que não podem entrar pretos, mas isto não é um cinema, é coisa muito diferente. É a casa de Deus! E da casa de Deus ninguém é mandado pra fora. Por isso, eu já vou dizendo...

Romão fechou a boca de Lucas com a manopla espalmada, e disse ao padre:

— Nós vamos embora já já, mas eu queria que o senhor mandasse tocar mais um pouco o órgão. Gosto muito de música, e tenho um violino. Faltam todas as cordas, menos uma, mas mesmo assim toca que é uma beleza. Se o senhor quer, posso ir buscar ele lá fora e tocar junto do órgão. Fica muito mais bonito, e o pessoal vai gostar pra burro.

O padre não voltou atrás:

— Por favor, meus senhores, saiam daqui imediatamente. Darei uma esmola a cada um.

— A gente não veio aqui por causa de dinheiro, padre. Não pense nisso, e não precisa se incomodar conosco – disse Romão, sorrindo. – Viemos apenas pra assistir à missa e pra ouvir o órgão. Eu até estava pensando em botar um níquel na sacola da coleta, embora sabendo que o Lucas não ia aprovar porque ele não gosta de padre.

— Eu lhes suplico – prosseguiu o eclesiástico, levando as mãos ao peito. – Saiam daqui; alguns crentes já estão indo embora. Deus já está satisfeito com a vossa lembrança, mas saiam, e não voltem mais senão serei obrigado a chamar a polícia sanitária.

— Está bem, eu compreendo, padre, – concordou Romão – mas mande tocar um pouco mais o órgão. Enquanto ele toca, a gente vai saindo.

Nesse momento, aproximou-se um sacristão, ainda jovem, com um comprido castiçal na mão. Os fiéis, um a um, levantavam-se e iam embora, apressadamente. Mais da metade já havia abandonado a igreja, e a outra metade começava também a abandoná-la. Perto dos cinco, só restavam o padre e o sacristão.

— Saiam incontinenti – berrou o sacristão, que não era tão paciente como o padre.

— A missa não acabou – disse Lucas. – Eu só saio quando ela acabar.

— Eu lhe amasso a cabeça com o castiçal.

Romão interveio, dirigindo-se ao padre e fazendo por ignorar o sacristão:

— Se esse rapazinho dá com o castiçal no meu amigo, arrebento ele. Lucas não gosta de igrejas nem de padres, mas esteve bem comportado, não disse um pio.

— Não queremos saber de nada – rugiu o sacristão.

— A gente tem que se explicar – disse Romão.

— Acabemos com esta conversa! – berrou o sacristão. – Caiam fora da casa de Deus!

Romão esticou o braço displicentemente e o sacristão voou nos ares, indo cair a meia dúzia de metros dali, sobre um banco. Levantou-se, furioso, e investiu contra Romão, vibrando o castiçal com tanta força que ele até assobiava. O gateiro não teve oportunidade de afastar-se, e foi aparando os golpes com os braços. "Seu" Mendes, que não tomara parte na discussão, aflito em seu canto, levou um golpe no rosto. Lucas saltou sobre o sacristão, mas foi atingido no pescoço e no peito; teve que recuar.

A igreja já estava vazia; porém, alguns fiéis entraram outra vez, munidos de enormes pedaços de pau e trancas de porta para ajudar o sacristão a expulsar os gateiros. Caíram sobre eles.

Romão e os amigos saltavam de banco em banco, para alcançar a porta. Os perseguidores, no entanto, cortavam-lhe o caminho. O ódio já era maior que o temor. Queriam vingança. Lucas e Plutão sangravam abundantemente na cabeça e no rosto. Romão tinha o paletó quase todo rasgado e os braços feridos. Miguel e "seu" Mendes também estavam machucados.

O momento culminante da batalha foi quando Romão conseguiu arrebatar o castiçal do sacristão e com ele acertar um dos fiéis: o homem tombou no chão.

– Matem! Não deixem o desgraçado escapar! – berravam os crentes.

Defendendo-se violentamente, Romão foi abrindo caminho para a porta. Os companheiros seguiam-no de perto, levando pontapés e cacetadas dos fiéis.

– Sou religioso! – clamava "seu" Mendes, para que não o moessem. Era inútil, porém.

Graças ao castiçal, que Romão manobrava com furor, puderam chegar à porta da igreja. Foram recebidos por uma chuva de pedras que vinha da rua. Os vitrais estilhaçaram-se. Atingido por uma pedra, Plutão desmaiou. Foi amparado por Lucas.

– Vocês ainda vão me pagar! – esgoelou Romão.

Debaixo das pedradas, conseguiram, enfim, montar nos cavalos, que também tinham sido apedrejados, e fugiram o mais depressa possível.

Uma hora depois, os cinco desmontaram e estenderam-se no campo, exaustos. Estavam tão cansados que nem cuidavam de estancar o sangue das feridas abertas pelos golpes e pelas pedradas.

– Se eu tivesse pego aquele castiçal antes, – disse Romão – muita gente hoje ia pro céu.

— Não fique triste, pai. — Acho que você matou aquele um.

— Se não matei, quebrei a espinha dele. Alguma coisa arrebentou dentro do homem.

Lucas levantou-se, com sacrifício.

Depois duma briga destas dá vontade da gente beber. Tem uma vendinha naquela encruzilhada, mas me parece que não temos um tostão.

— Acho que temos — disse Romão, enfiando a mão no bolso. Puxou uma sacola de cetim azul, que os outros logo reconheceram, porque ela não passara despercebida de nenhum deles, quando entraram na igreja.

***

A refrega do dia anterior abalou profundamente o ânimo dos gateiros. Não se conformavam com o acontecido. Romão queria voltar e meter fogo na igreja, mas "seu" Mendes conseguiu amansá-lo, argumentando, com insistência, que a culpa de tudo cabia aos homens: não ao templo. No íntimo, porém, era quem mais sofria porque sempre respeitara os crentes e nunca os supusera capazes da prática do mal. Aquele fato vinha abalar um pouco algumas de suas velhas e caras convicções, levando-lhe a confusão ao espírito. Mas essa confusão não deixava de proporcionar-lhe o prazer novo de falar e agir com maior liberdade.

— Há gente que entra na casa de Deus fantasiada de carneiro mas na verdade é lobo — disse.

— Não tinha nenhum carneiro na igreja — afirmou Romão.

Lucas, que estava junto deles, atalhou:

— Acho que não têm carneiros em lugar algum. Os homens são todos lobos. Lobos fracos e lobos fortes. Alguns parecem bons, mas é porque são fracos. No fundo, são maus também, porque a bondade é uma fraqueza e não uma virtude. E quando os fracos se reúnem, aí ninguém pode com eles.

— Tem razão, Lucas — aprovou Romão. — Os homens são todos lobos.

— Larguem de conversa — disse Miguel. Vamos embora. Depois do que aconteceu na igreja, a polícia pode vir atrás da gente.

— A esta hora a polícia sanitária já foi avisada de tudo — afirmou Lucas. — Vamos embora, sim.

Romão atirou o cigarro ao chão, com raiva. Pisou nele.

— A gente nunca chega em Minas. Cada dia parece que estamos mais longe.

— É sempre assim quando a gente quer ir pra algum lugar.

— O diabo foi ter acabado a gasolina do carro — lamentou Romão. — A gente já podia estar lá, e com o carro ia ser mais divertido viver em Minas.

— Você não esquece do carro!

— Como posso esquecer? Foi a coisa mais valiosa que já tive na vida.

— Vamos.

Os cavaleiros montaram nos três matungos que restavam, e montados estiveram até ao cair da noite. Cavalgavam num ritmo lento, sem olhos para os campos inertes. As paisagens sempre repetidas davam-lhes a impressão que caminhavam para o infinito, o que lhes tirava todo o entusiasmo da marcha. Inchados e rubros, às vezes desmontavam para descansar, mas logo prosseguiam porque havia o perigo da polícia e a atração de Minas a puxá-los.

Certa noite, acamparam nas proximidades duma vilazinha, e já se aprontavam para dormir, quando Miguel disse, sonhadoramente:

— Aposto que tem um parque de diversões nesta vila.

— Talvez tem mesmo, — opinou Lucas — mas não quero saber de ir lá. A gente sempre se estrepa quando se aproxima dos sadios. Eles têm muita pena de nós mas não querem que cheguemos perto.

"Seu" Mendes olhou para a direção da vila, nostalgicamente. Qualquer coisa o fazia invocar o passado.

— Eu costumava frequentar os parques de diversões quando tinha saúde. Ia sempre, com minha mulher e os filhos. As crianças gostavam dos parques.

Romão abriu a sacola da coleta e contou atentamente as moedas. Doze mil réis. Sobrara mais dinheiro do que supunham.

— Também não gosto de me meter com os sadios, mas gostava de dar uma olhadela no tal parque, se é que ele existe.

Todos receberam bem a ideia, com exceção de Lucas, que tinha o hábito de refletir bastante antes de tomar uma iniciativa qualquer.

— Se vocês forem, vou também, para fazer companhia, mas garanto que vamos nos arrepender muito de ter ido.

Romão levantou-se, montou a cavalo, e os quatro o seguiram. Tomaram o rumo da vila, vagarosamente, porque quase nunca tinham pressa de ir a lugar algum. O mais ansioso era Miguel, que ia a um parque de diversões pela primeira vez.

Meia hora depois, os cavaleiros chegaram à vila, que parecia deserta. Foram descendo a rua principal e não demorou a descobrir que toda a população estava concentrada num campo cheio de luzes e ruídos.

– Você adivinhou, Miguel. Um parque de diversões!

Desceram dos cavalos e dirigiram-se para o portão da entrada, mas não entraram logo. Aquele era um outro mundo que iam invadir e poderia acontecer o mesmo que acontecera na igreja. Não teriam entrado nunca se Romão não resolvesse ir à frente. Os outros o seguiram em fila.

Era um parque enorme, com roda-gigante, carrossel, "dangler" e uma infinidade de barraquinhas iluminadas, onde havia jogos de todas as espécies. Centenas de pessoas passeavam pelo parque ou se divertiam ruidosamente. As crianças entregavam-se, delirantes, às diversões. E pelos alto-falantes jorravam músicas ritmadas e vivas.

Os cinco gateiros a princípio ficaram surpresos e intimidados com aquele movimento todo e aquele barulho, mas aos poucos foram se habituando e começaram a passear livremente pelo parque. Pararam diante dum medidor de força.

Romão cochichou com Lucas:

– Se eu der uma martelada naquele troço, aposto que ganho um charuto.

– Você pode quebrar o medidor e aí temos que pagar ele – ponderou o velho.

– Eu dou uma martelada bem fraquinha, só pra ganhar o charuto.

Romão afastou-se do grupo, comprou um bilhete dum homem que se sentava atrás duma mesinha, e tomou o pesado martelo. Em seguida, ouvia-se o tilintar dum sino que deixou Plutão encantado.

– O cavalheiro ganhou um charuto – disse o encarregado do medidor de força, enfiando um charuto no bolso do paletó de Romão. – Aproximem-se, senhores! Venham fazer uma prova de força e de saúde. Aproximem-se, senhores!

Acendendo o grosso charuto, Romão chegou-se, radiante, aos companheiros.

– Foi canja pra mim. Agora vamos tentar outro jogo.

Tentaram o tiro ao alvo, mas aí Romão não teve sorte: deu uma dúzia de tiros e não acertou uma só vez nos maços de cigarros enfileirados. Não se aborreceu, porém. Tinham dinheiro para se divertir a noite toda. Numa barraca de jogo de argolas, Miguel ganhou imprevistamente uma garrafa de bagaceira argentina.

– Vamos abrir ela agora mesmo, – sugeriu Romão – senão a garrafa pode cair da mão da gente e quebrar no chão.

Abriram a garrafa, num canto do parque. Indo de boca em boca, em pouco tempo ela esvaziou. Atiraram-na longe e voltaram a passear, satisfeitos. Até Lucas, que era sempre taciturno, começava a distrair-se também. Mas quem melhor se divertia era Plutão. Estacou diante da cerca do carrossel e de lá não queria sair mais. Com as mãos nervosas, tentava segurar as crinas dos cavalos de madeira que giravam à toda velocidade. As crianças que os montavam faziam "adeus" para Plutão, quando passavam por ele.

– Vejam como Plutão se diverte – observou Romão. – Gostava de ver ele montado num desses cavalos.

– A gente devia deixar ele brincar – considerou Lucas. – Vá lhe comprar um bilhete para o carrossel.

Romão foi a um guichê e voltou com uma fileira de bilhetes. Mas o louco não sabia o que fazer com eles: foi preciso empurrá-lo para dentro do cercado. Aí não foi preciso mais nada: com o carrossel em movimento, saltou no lombo do primeiro cavalo que passou.

– Olhem lá: um homem nos cavalinhos! – exclamou alguém.

Plutão, no entanto, não se comportava no carrossel tão bem como as crianças. Ficava de pé sobre o cavalo, equilibrando-se nas pontas dos pés, saltava de animal em animal com uma destreza de pasmar, e cavalgava de costas.

– Venham ver, gente!

Começou a fazer-se uma aglomeração ao redor da cerca do carrossel.

– Este sujeito é de picadeiro! Vejam como ele cabriola.

– Deviam contratar ele pra animar o parque.

Romão olhava e ouvia os curiosos orgulhosamente, como se Plutão fosse seu filho, e Lucas também estava orgulhoso da admiração que o louco despertava em todos.

"Seu" Mendes, que era homem comedido, não acostumado a beber demais, saiu fora do sério e quis dar umas voltinhas no "dangler". Comprou logo uma fileira de bilhetes, sentou-se numa das cadeirinhas de pingente, segurou-se com firmeza e, em seguida, levantava o voo.

Romão preferiu a montanha-russa; Miguel, o trem-fantasma; e Lucas foi serenamente acomodar-se num dos bancos da roda-gigante. Quando o assento parava no alto, para entrar novos passageiros, Lucas lançava um olhar superior para a terra, lá embaixo, e outro, com intimidade para as estrelas.

Teriam os cinco se divertido a noite toda, como nunca tinham feito na vida, se Miguel não inventasse de bolinar uma moça na escuridão dos subterrâneos do trem-fantasma. A moça gritou, berrou e esperneou e, quando o trem parou na estação, toda a família dela já estava à espera para surrar o atrevido.

Romão aproximou-se correndo para evitar que o filho fosse linchado.

– Tenham calma, amigos. O Miguel, meu filho, não é desses rapazes que costumam se aproveitar das moças. Garanto que não. Se ele se meteu com esta foi porque não aguentou mesmo. Mas o caso já terminou. Deixem ele em paz.

Dezenas de curiosos se acercaram de Romão, quando ele falava, e a atenção de alguns não era para as suas palavras, mas para a coloração fortemente arroxeada do rosto, que nem a luz morta da noite encobria.

– Este homem é um lazarento – disse alguém com toda a convicção.

Romão não se intimidou nem se ofendeu.

– Sou lazarento, sim, meu filho também é, mas a gente não veio aqui para fazer desordem. Viermos só pra nos divertir um pouco. Miguel nunca entrou num parque de diversões e eu fazia uns dez anos que não entrava num.

O guarda do parque aproximou-se deles, cautelosamente, e foi dizendo:

– Vão embora daqui, por favor. Os senhores vão arruinar os negócios do dono do parque, pois já tem gente indo embora.

– Nós vamos neste momento – garantiu Romão. – Mas me deixem primeiro dar mais uma voltinha na montanha-russa. Aquilo me enjoa o estômago, mas é divertido pra burro.

– Isso é que não pode ser – disse o guarda. – Os senhores têm que ir agora mesmo.

– Vamos, sim, amigo, mas depois duma voltinha na montanha-russa. Não pense que não vou pagar a passagem. Pago até mais do que os outros, se for possível.

– Nem assim – respondeu o guarda. – E tratem de cair fora daqui.

Romão e Miguel entreolharam-se, olharam o guarda, olharam a multidão furiosa, a moça que estava com o vestido rasgado na parte de cima, e afastaram-se para chamar os outros. Não tinham dado dez passos, quando a metade dum tijolo atingiu a cabeça do rapaz, que se inundou de sangue.

Ao ver o filho ensanguentado, Romão investiu como um touro contra os populares. Viu tudo negro à sua frente. Depois de atirar umas quatro ou cinco pessoas no chão, pegou o martelo do medidor de força e se pôs a girá-lo no ar. A esta altura, todo o pessoal da vila abandonava o parque às carreiras, e muita gente tombava, empurrada pelos fugitivos em tumulto. A gritaria era geral. Pior do que na feira. Pior do que na igreja.

Ao ver aquela correria toda, houve duas pessoas que se atiraram do "dangler" em movimento. Ficaram onde caíram, gemendo. Várias barracas destinadas ao jogo foram invadidas e derrubadas pelo pessoal em fuga. Uma delas incendiou-se.

Por que fugiam? Ninguém sabia direito por quê. Mais razões para que todos tivessem medo do que estava acontecendo.

Os pais recolhiam os filhos do carrossel e fugiam com eles. Mas Plutão, entre luzes e gritos, continuava saltando acrobaticamente de cavalo em cavalo. Já havia quebrado uns três ou quatro com aquela brincadeira. Quando seu cavalo passava diante do cercado, ele tentava segurar os populares com as mãos afoitas. Nunca se divertira tanto!

Apressadamente, os passageiros iam deixando a roda-gigante. Antes mesmo de que o assento pousasse no solo, os mais ágeis saltavam e desapareciam. Só Lucas permanecia nela, tão distraído que não via o que se passava embaixo. Encontrara um bom lugar para meditar e rompera as ligações com o mundo.

O homem encarregado de controlar o "dangler" sumiu e "seu" Mendes não podia mais descer. Estava aprisionado à velocidade do pingente e de nada valiam os seus gritos para escapar.

Diversos guardas municipais e soldados tentaram desarmar Romão, mas, quando o primeiro tombou com a cabeça esmagada pelo pesado martelo, os outros fugiram. Um deles escondeu-se dentro do túnel do trem-fantasma, porém foi atirado de novo para fora pelo próprio trem, que ainda estava em movimento.

Não ficou ninguém no parque, a não ser os gateiros, o soldado ferido e as duas pessoas que se haviam atirado do "dangler". As diversões mecânicas, no entanto, continuavam funcionando aceleradamente.

Romão e Miguel entraram no carrossel e precisaram empregar força bruta para arrancar Plutão de lá. Mas o louco não saiu sozinho: levou um cavalo junto. Para fazer a roda-gigante parar, os dois tiveram que mexer numa porção de alavancas, como quando estavam no automóvel. Por fim, ela parou e, com tal solavanco, que Lucas quase despencou lá de cima.

– Por que vocês me fizeram descer? – interrogou, exasperado.

– Você está no mundo da lua, Lucas. Não vê que todo mundo foi embora?

– Por que foram embora?

– Ficaram com medo da gente e fugiram. Tal e qual aconteceu na igreja – respondeu Romão.

O mais difícil foi pararem o "dangler". Às vezes buliam em certa alavanca e ele aumentava a velocidade, pondo em perigo a vida de "seu" Mendes, que já não aguentava segurar-se às cordas do pingente. Quando finalmente pôde descer da cadeirinha, estava pálido e tonto, e vomitava. Caiu ao chão e, no chão, precisou ficar uns dez minutos até que passasse a tontura.

– Fizemos mal em vir aqui – disse, sacudindo a cabeça. – Nunca sofri tanto.

– Agora o senhor fala!

– Eu não me arrependo – confessou Lucas. – Gostei da roda-gigante ainda mais do que do automóvel. É um gozo andar nesse troço!

Iam já embora do parque, quando Miguel lembrou, com os olhos cintilantes:

– O trem-fantasma ainda está em movimento. Vamos dar uma voltinha nele. Agora a gente não precisa pagar.

Os outros pararam para decidir.

Romão lançou um longo olhar para o parque deserto e silencioso, para aqueles feridos que procuravam levantar-se, e respondeu:

– Agora não ia ter graça. Vamos voltar logo pra estrada. Está chato isto aqui.

***

Depois da trágica aventura do parque de diversões, Romão e seus amigos ficaram desapontados por algum tempo e juraram nunca mais voltar a qualquer vila até o fim da vida. Talvez pudessem mesmo manter o juramento, se nunca lhes faltasse cachaça, mas, assim que ela acabou, trataram de comprar algumas garrafas na vila mais próxima. Seguiram para a vila receosos; nada, porém, poderia fazer com que mudassem de ideia, pois quando era para conseguir bebida, seriam capazes de enfrentar os maiores perigos.

Pararam diante do primeiro botequim, para não se demorar na vila. Romão foi à frente e pediu duas garrafas de cachaça, atirando sobre o balcão todas as moedas que restavam na sacola que haviam trazido da igreja.

O vendeiro, um português enorme e rústico, empalideceu ao ver a sacola. Encarando Romão, perguntou logo:

– Não foram vocês que puseram uma igreja em polvorosa para roubar a sacola da coleta?

Romão fez-se grave.

– Nunca entrei numa igreja.

– Mas isto que trazes aí é uma sacola de coleta. A gente vê à distância.

– Pode ser, mas eu achei ela, não roubei de lugar algum.

O português ficou alguns momentos em silêncio, examinando os cinco estranhos. Tinha dúvidas, ainda.

– Cinco ladrões assaltaram uma igreja, roubaram o dinheiro dos pobres e quase mataram um dos fiéis que assistiam calmamente à missa. Desgraçados!

– Como o senhor sabe disso?

Os jornais deram o caso. Depois, os mesmos marotos estiveram num parque de diversões e fizeram uma porção de feridos. Os jornais também deram isso.

O rosto de Romão iluminou-se por um clarão do mais puro contentamento e ele se traiu:

– Será que o senhor não pode dizer se não morreu ninguém no parque? Me lembro perfeitamente de ter esmagado a cabeça dum cara com um martelo.

O português deu um salto para trás. Trêmulo, puxou uma comprida tranca de porta e ergueu-a no ar.

– Caiam fora daqui, senão eu os esmago já, já, "seus" nojentos!

Romão olhou para a tranca como se olhasse a um leque de senhoras ou um pobre gatinho cego e tirou duas garrafas de cachaça do balcão para passá-las a Lucas.

– Nós vamos embora, sim, – disse ele – mas queria levar esta tranca comigo porque não há coisa melhor no mundo pra gente arrebentar a cabeça dum tipo metido a besta. Me dá ela pra mim.

O vendeiro não perdeu tempo: golpeou Romão, mas o fez com tanta força que a tranca lhe escapou da mão e foi parar no meio da rua. Romão, que se abaixara, aprumou o murro. Mas o português passou a mão num pontudo saca-rolhas e investiu sobre o gateiro.

Ao ver o saca-rolhas, Romão lembrou-se do que Malvina dissera e, assombrado, saltou no ar para escapar do vendeiro. Foi cair dentro duma vitrine de doces e bombons. Cortou-se todo nos vidros, mas saiu da vitrine e disparou como um doido pela rua, sob as gargalhadas dos populares.

O português se pôs a bradar, heroicamente:

– Volta pra cá, "seu" covardão. Quero te furar as tripas!

"Seu" Mendes, envergonhado com a fuga de Romão, sentiu abalar-se o prestígio do bando: pegou de cima do balcão uma mortadela inteira e arremessou-a contra a cabeça do vendeiro. A mortadela acertou o alvo. Enfurecido, "seu" Mendes começou a chutar tudo que via pela frente: cadeiras, mesas e vitrines. Num instante, não ficou nada de pé, nem as prateleiras, que vieram abaixo com todas as garrafas de bebidas. Depois, os quatro saíram apressadamente do botequim, passando como um raio por entre a massa de curiosos que aparecera à porta.

Ao chegarem ao lugar onde a tenda estava armada, os quatro encontraram Romão, que ainda resfolegava: viera a pé da vila, numa só carreira. Romão ficou desajeitado ao vê-los, mas a vergonha passou quando lhe contaram o estado em que haviam deixado o botequim e a cara do português.

— Estou orgulhoso de você, Gordo – disse Romão a "seu" Mendes. – Você bancou o macho. Agora vamos beber porque essa corrida me deixou com muita sede.

— Fomos uns burros – lamentou o Gordo. – Devíamos ter trazido alguma coisa de comer do botequim, mas eu estava tão preocupado em quebrar tudo que via pela frente que até me esqueci da fome.

— Agora não podemos arranjar mais nada – disse Romão. – se a gente aparecer na vila, nos lincharão, e eu quero chegar em Minas.

— Não é preciso ir até a vila. Tem uma fazendola aqui perto e lá deve ter muitos porcos e muitas galinhas – lembrou o Gordo, esfregando as mãos.

— Sou contra esse negócio de roubar, – respondeu Romão – mas estou com uma fome danada e posso ficar doente ou mesmo morrer se não comer alguma coisa.

O Gordo foi o primeiro a partir. Estava atraído pela aventura. Os quatro seguiram atrás, montados nos cavalos. Após quinze minutos, chegaram. Depois de darem algumas voltas pela fazendola, descobriram o curral dos porcos e para lá se dirigiram. O Gordo sempre na frente. Apanhavam dois porcos quando apareceu o guarda do curral.

— Larguem isso, ladrões! – berrou o guarda, avançando contra eles com um maciço porrete na mão. – Canalhas!

O Gordo saltou em cima do homem e conseguiu arrebatar-lhe o porrete com uma facilidade de pasmar. O guarda tentou fugir, mas foi agarrado por uma perna e tombou no chão, sob os socos do Gordo. Logo ao receber os primeiros, perdeu os sentidos.

— Vamos voltar agora – disse o Gordo. – Estou com uma fome de cachorro.

Pelo caminho de volta, os companheiros olhavam abismados para "seu" Mendes, estranhando a mudança que se operara nele. Parecia outro homem e parecia mais feliz também.

Aquela noite, depois do churrasco, o Gordo bebeu como nunca tinha bebido antes. Bebeu até a embriaguez. Começou a cantar:

> Sou gateiro da estrada
> De dia sou mendigo,
> De noite sou ladrão.
> De dia sou humilde,
> De noite valentão.

Em certo momento, pediu a Romão:
— Toque uma música no violino. Uma música alegre. — E pela primeira vez, desde que o conheciam, desvestiu o sobretudo burguês e pisou nele com os pés sujos de barro.

Romão corou de alegria: há muito tempo que não lhe faziam tal pedido. Serviu mais uma rodada de cachaça aos amigos, e depois empunhou o violino. Os minutos passavam e ele, fascinado pela própria execução, não largava o instrumento.

O primeiro que se cansou de ouvi-lo foi o próprio Gordo, que já liquidara uma garrafa inteira de cachaça. Ergueu-se, cambaleando, e deu um forte pontapé no violino de Romão, lascando-lhe o cabo.
— Para com essa joça, homem!

Romão levantou-se, enfurecido, e avançou sobre o gordo. Travou-se uma luta feroz entre os dois, e Miguel, Lucas e Plutão tomaram parte ativa nela. O demente recebeu um sopapo no nariz. Miguel perdeu um dente. Lucas levou um pontapé no estômago e contorcia-se de dor: mesmo assim procurava deter o Gordo por uma perna. Romão estava ferido e com as vestes esfarrapadas. O único que continuava firme e intacto era o Gordo. Não parava de dar pontapés e sopapos de todos os lados. Estava doido e agressivo, mas através dos seus traços contorcidos, via-se uma felicidade que ele jamais tivera na estrada. Houve um momento em que conseguiu arrebatar o violino das mãos de

Romão, e correu com ele para uma pedreira que havia nos confins dos campos escuros.

– Volte, ladrão!

Romão disparou atrás dele, seguido de perto pelos outros. Mas nenhum corria mais do que o Gordo. Ao chegar à pedreira, viu-se cercado pelos quatro e, para escapar do cerco, começou a trepar pelas pedras com uma agilidade de macaco. Os outros subiram também na pedreira, com Romão à frente. Estavam todos embriagados. Num instante, o Gordo atingiu o cimo da pedreira e, desatando a gargalhar, pôs-se a atirar pedras nos companheiros que subiam.

– Ninguém pega mais esse violino – berrou, em desafio.

Quis subir mais, porém não havia mais para onde subir. O luar batia na pedreira e o Gordo parecia querer subir ao céu, escalando o luar, como se se tratasse duma montanha de paina. Foi quando perdeu o pé e despencou lá de cima, feito um bloco de pedra. Esborrachou-se na planície. O violino teve mais sorte do que ele: caiu sobre seu corpo balofo e espirrou na grama fofa. Nem rachou.

***

Miguel alimentava a fogueira com os gravetos que encontrava perto. Atirados ao fogo, os gravetos estalavam, como se contivessem pólvora, e as labaredas, indecisas e trêmulas, alongavam-se. Quando os gravetos estalavam, Plutão ria-se e procurava apanhar as centelhas com as mãos já tostadas do fogo.

Um dos cavalos rinchou e levantou-se sobre as pernas traseiras, e os quatro olharam para a mesma direção: alguém se aproximava. Primeiro viram um vulto mal destacado nas sombras da noite, mas logo o vulto foi tomando forma, e um homem apareceu diante deles. Trazia duas garrafas de aguardente nos braços, e cambaleava, embriagado.

– É o Pede-Pede, gente!

– É invenção dos olhos, Miguel.

– Deve ser algum irmão gêmeo dele.

Mas era Pedro mesmo quem estava ali.

— Sou eu, sim, vivo e solto. Prece mentira que estou aqui, não?
— Se não lhe reconheço em tempo, ia bala – disse Romão.
— Matar irmão é ser mau cristão.

Os quatro rodearam o recém-chegado festivamente, e o arrastaram com as garrafas para junto da fogueira. Sentaram-se, outra vez, tocando-o a todo momento, como se duvidassem da sua presença.– Fugi do Asilo – ele explicou, depois dum gole de cachaça.

— Fugiu de verdade?
— Me acham com cara de inventador? Não estou aqui? Pedro escapou, gente. Não tem cadeia que segure o Pedro.
— Como foi que você encontrou nós?
— Pelo cheiro.
— Esse Pedro é homem dos infernos. Tem faro de cão e tino de adivinho!

Satisfeitos com a coincidência do encontro, os cinco puseram-se a beber. O Gordo morrera mas surgira um substituto. Acabara o luto do bando. Romão empunhou o violino. E começaram a cantar algumas canções das estradas.

A alegria de Pedro, porém, não foi longe. Parou de cantar e voltou-se aos seus pensamentos. Os outros estavam crentes que ele se tornara um novo homem com a fuga, mas não era verdade. Continuava o fracalhão de sempre e, desde que a mulher morrera, sua fraqueza vinha se acentuando ainda mais. Mas lutava por encontrar um caminho.

— Acho que só saberei andar sobre minhas próprias pernas no dia que matar alguém.
— Que ideia besta, Pedro. Você é tão homem como qualquer outro.
— Não sou, sei que não sou.
— O que acontece com você? – quis saber Romão.
— Estou ficando doido varrido.
— Por quê?
— Isso de ver todo mundo me fazendo pouco caso é que me dói. Outros têm pena de mim, e isso me dói também.
— Você é nosso amigo, Pedro. Ninguém está com pena de você nem lhe fazendo pouco caso.
— Mentira.

— Você é um valentão, Pedro. Escapou do Asilo. Só um valentão pode fazer isso.

Pedro teimava em repetir:

— Preciso matar alguém. Só assim eu tomo jeito. Mas só mato quando sonho. Nos sonhos, sim, ninguém pode comigo.

Romão riu e passou-lhe uma caneca.

— Beba outro gole, Pedro, e não diga mais asneiras.

As chamas da fogueira não se agitavam mais: anêmicas e ronronantes, não se erguiam a mais dum palmo dos madeiros carbonizados, e já se começava a sentir o frio da noite.

Romão tocava e bebia, ignorando os demais. Plutão bilboqueava mecanicamente e Lucas, também embriagado, se punha a dizer coisas profundas, que só ele entendia. Miguel só abria a boca para falar de Minas e da distância que ainda os separava de lá.

A cabeça de Pedro descrevia círculos em torno do pescoço, e ele se ria, misteriosamente.

— Lembra aquele tipo carcereiro? — perguntou a Romão, com um sorriso tímido nos pequenos olhos maliciosos.

— Lembro.

— Bateu as botas. Sabia?

— Não. Morreu de que?

— O pontapé que você deu matou ele — disse Pedro sem olhar a Romão.

— Não pode ser.

— Acha que Pedro mente?

— Acho. — Quer que eu prove?

— Mas você fala a sério?

— Seríssimo.

O rosto de Romão se fez grave por um momento, mas então seus olhos brilharam e ele principiou a rir baixinho. Depois, rompeu a gargalhar, e a sua gargalhada parecia o jorro duma catarata. Estremecia a terra. Contagiava.

— Ouviu a notícia, Lucas?

— Ouvi, sim.

— Então porque está sério, velho? Não acha graça? Não acha graça que eu com um pontapezinho... — Voltou a gargalhar, atirando o violino de lado.

Pedro gargalhava também, e Lucas, Miguel e Plutão fizeram o mesmo.

Aí Pedro desabotoou a blusa e tirou de dentro dela uma folha de jornal velho.

— O negócio até saiu nos jornais. Leia onde está escrito: "Um monstruoso crime no leprosário". Está nesse trecho.

A leitura foi feita por Lucas, em voz alta, mas os outros não permitiram que ele fosse até o fim, porque ninguém entendia o palavrório do jornal. Mas Romão arrancou a folha das mãos de Lucas e correu os olhos sobre ela.

— Que pena que não saiu o meu retrato. A gente podia mostrar pro pessoal em Minas.

— Mas saiu escrito em letras grandes "Um crime no leprosário" — consolou-o Miguel.

— Era disso que eu estava precisando: um crime nos jornais — disse Pedro.

Romão, que às vezes via as coisas pelo lado sério, fez a sua defesa solenemente:

— O homem estava diante de mim, e pra sair tive que dar pontapé nele. Eu não podia continuar preso naquela toca maldita de jeito nenhum. O que fiz qualquer sujeito fazia. Não foi obra de valente. O engraçado foi que com um pontapezinho...

Pedro encarava o fato por um prisma mais profundo:

— Você pode ir pro inferno. Está escrito que quem mata ou rouba não vai pro céu. O Batista vivia dizendo isso.

Romão não havia pensado nesse perigo, mas talvez pudesse remediar a desgraça:

— Quando chegar em Minas, mando rezar uma missa pra alma do infeliz e procuro um padre pra me confessar. O padre pode achar ruim e querer dar parte à polícia, mas eu explico que o homem estava na minha frente e que eu precisava fugir.

Lucas, que só acreditava na vida sobre a terra, procurou apaziguar o espírito do companheiro:

— O homenzinho estava sofrendo no Asilo. A gente sofre em qualquer parte. Por isso você não deve ficar com pena: fez até um bem pra ele.

Miguel tinha preocupações de ordem menos avançada.

– O pior é se a polícia vem atrás de nós. Lá na igreja também quase a gente matou um sujeito e muitos ficaram machucados na feira e no parque de diversões.

Todos acordaram para a possibilidade, mas Pedro se apressou em explicar:

– A polícia não está no caso. Vem uma parelha atrás de vocês. Uma parelha brava. Vocês vão ser apanhados esta noite mesmo. Mas já vou dizendo: não tenho nada com a história. Vim parar aqui por acaso.

Os outros se lhe aproximaram mais, arrastando o traseiro na terra, e Romão sentia-se feliz ante a perspectiva duma luta naquele mato escuro. Há muito tempo que não acontecia nada. Seus membros estavam até se enferrujando. A parelha!

Pedro queria contar tudo às pressas, mas a cabeça mal se lhe equilibrava no pescoço. Depois de muitos giros, ela tombou, e o chapéu de Pedro rolou para as brasas da fogueira, começando a queimar-se.

– Vou me abrir com vocês, que são meus verdadeiros amigos. Amigos do bom tempo. Que vão pro inferno aqueles dois filhos duma vaca. Não tenho mais nada com eles.

No mesmo instante em que Pedro falava, um dos cavalos rinchou.

Lucas olhou para os animais e distinguiu dois vultos que cautelosamente se aproximavam. O velho soltou um berro e levantou-se, cambaleando e chutando as brasas da fogueira. Os outros também se levantaram, com exceção de Pedro, que fez várias tentativas malogradas, acabando por preferir ficar sentado mesmo.

Ouviu-se um estampido.

Plutão gemeu e rodopiou como um pião, indo cair sobre os troncos carbonizados.

– Vamos azular daqui! – berrou Miguel, vendo um dos cavalos fugir, espantado pelos novos e tremendos disparos.

Miguel saltou no lombo do Pretinho, antes que este também se espantasse, e Lucas dificultosamente montou no Balão. Mas Romão não queria fugir: com o trabuco em punho, disparava também, e ria a cada disparo. Estava contente com a luta, na sua embriaguez, embora não soubesse contra quem lutava.

– Vamos, Romão! – berrou Lucas, de cima do cavalo.

Romão não ouviu: deu alguns passos para a frente, querendo defrontar-se cara a cara com os agressores. Mas não foi longe: seu chapéu voou arrancado por uma bala e logo outra bala acertava-lhe o braço. Estacou e urrou de dor. Queria ficar ali e destripar aqueles desgraçados, com suas garras, mas seria asneira. A dor do ferimento lhe fez recuperar a consciência: fugia ou esticava no chão. Correu para o Pretinho, dizendo:

– Os demônios me deram uma ferroada.

Saltou no cavalo, resfolegando. Lucas corria na frente, abaixado sobre o Balão. Seguiram atrás deles, Romão e Miguel. O Pretinho voava, apesar da dupla carga que levava. Os disparos se repetiam, mas já eram tardios. Os cavaleiros haviam desaparecido na noite.

***

Silvério e Joaquim, excitados com o tiroteio, apareceram em cena.

Ostentando uma garrafa de cachaça, como se ela fosse um troféu, Pedro tentava erguer-se do chão, dizendo:

– Viva Silvério, o meu amigo do peito!

O patrão estava decepcionado com o fracasso do ataque. – Pegamos só um – disse, puxando Plutão de cima das brasas semiapagadas. – A gente não teve sorte. Quando o tinhoso não quer, não vai mesmo.

Joaquim, apalpando o corpo magro do demente, com a ponta do sapato, riu, com ar de censura.

– O patrão não estava bom no gatilho. Atirava sem dar tento à mira.

– Está zombando, homem?

– Deixe de zanga, patrão. Sei que você não é molenga no gatilho, mas hoje não estava no seu dia. Ah, não estava.

Pedro, já de pé, declarou:

– Romão levou bala. Ouvi o bruto gemer e urrar. Era de dar pena!

– Fui eu quem pegou ele – bazofiou o caboclo. – Peguei ele e esse bicho fedorento que está aí no chão. Sou turuna no gatilho, quando estou com raiva.

Silvério olhou para Plutão, que continuava inerte no solo.

— Esse sujeito ainda vive?
— Foi só um raspãozinho — disse Joaquim. — Deus velava por ele.
— Deus não vela por desmiolados. É que eu não estava no meu dia.
— O batista diz que todos os pobres de espírito são bem-aventurados — lembrou Pedro. — Eis porque ele escapou.

Silvério quis dizer que Deus só protegia os inteligentes, mas não disse nada. Sentou-se no chão, pensativo. Não podia esquecer o fracasso e sentia-se meio responsável por ele: fizera mal em confiar ao Pedro uma missão tão delicada. Aquele não era homem com quem se pudesse contar.

— Você demorou demais pra dar o sinal com o chapéu — disse-lhe. — A gente cansou de tanto esperar e distraiu a atenção. Por que não tirou o chapéu antes, homem?

— O chapéu? Ah, eu me esqueci dele — confessou Pedro, achando graça no fato. — Estava mais bêbedo do que uma vaca. Como podia lembrar?

— Estragou o nosso plano, desgraçado. É isso que dá quando a gente confia num bêbedo — continuou o patrão, levantando-se. — Faz um mês que andamos atrás deles, pedindo informação pra todo mundo; por fim, encontram-se os fujões, inventa-se um plano, e você me falha desta maneira.

— Não sou homem de luta — defendeu-se Pedro. — Quero paz na terra.
— Mas quis vir com a gente.
— Quis, sim, — confirmou Pede-Pede — pra ver se o sangue derramado me fortalecia, mas Pedro não dá pra isso. É homem de bem e quer viver em harmonia com os seus se-me-lhan-tes.
— Covarde.
— Patrão, não faça pouco caso do Pedro. Pedro é bom homem, mas tem mistério na alma. Alguma coisa ferve por dentro dele e quer explodir.

Silvério não lhe ouvia. Outra vez sentado, matutava. Era preciso imaginar um novo plano, inteiramente seguro, para a captura dos fugitivos.

— O patrão não deve pensar tanto antes de agir — disse Joaquim. — Foi isso que estragou a gente. Sem plano íamos muito melhor. Devíamos ter vindo rastejando pelo campo até chegar bem perto. Depois, a gente levantava e enfrentava os brutos.

— Rastejando, rastejando como vermes?
— Patrão, na luta o homem tem de perder o orgulho.

— Você não tem miolo, Joaquim — respondeu Silvério, com desprezo. No íntimo, porém, tinha algum respeito por aquele homem que era capaz de enfrentar inimigo mesmo sem a couraça da astúcia.

— Acho que a gente devia voltar pro Asilo — declarou Pedro. — Prendemos o louco e aquele sujeito gordo que andava com eles morreu. O que pudemos fazer nós fizemos.

— Se a gente voltar agora, não recebe nada — afirmou Silvério. — Só recebemos a bolada se pegarmos Romão. Esse é o que interessa de fato.

Pedro estava cheio de temores e não os escondia.

— Não é brincadeira pegar o Romão. A gente pode se estrepar e eu quero voltar vivo pro Asilo. Aquilo pode ser ruim, mas é melhor estar lá do que embaixo da terra. Desista, patrão.

Acendendo um cigarro de papel, Silvério riu dum modo estranho e disse:

— Nem querendo voltar eu não posso. É o destino que me manda atrás de Romão. Ele me empurra, sinto isso. Por que, eu não sei. Mas o destino está mandando em mim.

Joaquim distanciou-se dos dois, penetrando alguns metros no mato. Queria fixar bem o rumo que os fugitivos haviam tomado. Voltou para junto dos companheiros, declarando:

— A gente não deve perder tempo. Se Romão levou chumbo mesmo, eles não vão longe. Vamos continuar a caçada, patrão.

— Esta noite não — respondeu Silvério, com enfado. — Pedro bebeu demais e eu estou cansado.

— Se a gente tarda, perde a pista.

— Hoje ficamos aqui — decidiu Silvério. — Amanhã você vai ao posto sanitário da vila e leva o endemoniado. Depois a gente segue atrás deles. Dessa vez juro que não falhamos.

— Você sabe o que faz, patrão, mas por mim a gente ia agora mesmo. Se eles passarem a fronteira de Minas, estão salvos.

— Pra nós não tem fronteira — disse Silvério. — A gente vai até o fim disto. O destino está mandando na minha vontade, não falei?

Pedro levantou-se, bocejando, e foi deitar-se dentro da barraca que pertencera a Lucas e seus amigos. Estava exausto, intoxicado e ainda aturdido pelo tiroteio. Joaquim acompanhou-o, resmungando que o patrão fazia mal em retardar a caçada. Por último, recolheu-se Silvério. Plutão ficou ali mesmo, encolhido e temeroso. Com as mãos, tateava o chão, à procura do bilboquê.

***

A princípio Romão supôs que o ferimento não tivesse gravidade. A bala não saíra do braço, mas não o incomodava. Sentia apenas uma ligeira queimação onde a bala penetrara. Improvisou um curativo seco, praguejando sempre contra os agressores, e continuou a fuga, ainda atordoado pela bebedeira e pelos disparos das armas. Quando os cavalos se cansaram, eles e os companheiros desmontaram e dormiram sobre a barba de bode.

Acordou, na manhã seguinte, com violentas dores nos braços e um febrão que o cozinhava. A ferida doía e pesava. Mal podia mover o braço.

– A gente perdeu tudo que tinha – disse Miguel, desolado. – A barraca, as esteiras e os cobertores. Perdemos também um cavalo. A sorte é que não foi o Pretinho.

Com os olhos lacrimejando de dor e de febre, Romão gemeu:

– Perdi o violino. Tinha uma corda só, mas ainda servia pra alguma coisa.

– Mas como é que vai a ferida? – quis saber Lucas.

– Dói pra burro. Se continuar assim acho que enlouqueço.

Miguel apontou para o alto:

– Vejam como está o céu!

Escurecia. As nuvens baixavam com o próprio peso e não se via mais o cume das montanhas. Os trovões rolavam sobre elas como ciclópicos tonéis, e os relâmpagos se repetiam. Uma formidável tempestade estava prestes a desabar.

– Precisamos nos esconder antes que venha a carga.

Lucas e Miguel montaram no Balão, Romão no Pretinho, e seguiram para a frente, olhando a todos os lados, à procura de algum lugar onde pudessem abrigar-se da chuvarada. Mas nada encontravam sobre os campos vazios. O rosto de Romão era uma só massa pastosa. Os olhos, congestos e enormes, doíam-lhe como se tivessem areia e a ferida pesava mais. Já não podia mover mais o braço. Quando olhava os companheiros, só via duas sombras, quase absorvidas pelo negror crescente dos campos. Algo estalou dentro da cabeça e ele perdeu a consciência de tudo.

– Aonde vai, Romão? Pare aí, homem! – berrou Lucas.

Já muito distante, Romão não podia ouvir os berros de Lucas e Miguel. O cavalo de repente empinou, e ele caiu por terra. Como se não tivesse sentido o choque terrível, levantou-se e se pôs a blasfemar, com os punhos apontados para o céu negro.

Lucas e Miguel desceram dos cavalos e correram para segurá-lo. Romão voava pelos campos, perseguindo invisíveis inimigos. Vomitava palavrões e com as poderosas manoplas arrancava aos montes as hastes da barba-de-bode. Ao sentir-se perseguido, parou e investiu contra Lucas, como um touro selvagem. O velho foi atirado longe, e ficou no chão, imóvel. Em seguida, Romão investiu contra o filho, lançando-o sobre uma moita. Depois continuou na sua carreira desesperada pelos campos sem fim, e desapareceu.

Os primeiros pingos grossos da chuva fizeram com que Miguel recuperasse os sentidos. A alguns metros do lugar onde tombara, encontrou Lucas, que se erguia, cambaleante. Torcia o pé na queda e não podia caminhar direito.

– Onde está Romão?

– Desapareceu, Lucas. Vamos procurar ele.

Miguel foi adiante; a princípio andava depressa e logo pôs-se a correr. Atrás vinha Lucas, manquejando. Com as mãos em concha chamavam repetidas vezes por Romão, sem obter resposta.

Depois duma longa procura, que chegou a desesperar os dois, encontraram Romão com a cabeça sobre uma poça de água. Ao ser tocado, acordou no mesmo instante. Olhava aparvalhadamente ao redor de si, tremendo de febre. Perdera a agressividade, e só com a ajuda dos dois é que pôde levantar-se.

– Vi um casebre de caboclos! – disse o rapaz. – Vi ele quando relampagueou. É naquela direção. Vamos pra lá.

Lucas reprovou a ideia:

– A gente não vai poder entrar.

Precisavam berrar para ouvir um ao outro, por causa dos trovões, e estavam ensopados da cabeça aos pés.

— Meu pai morre aqui fora!

O velho lançou um olhar para o casebre e, num gesto rápido, arrancou o trabuco da cinta de Romão, para colocá-lo na sua.

— A gente entra de qualquer jeito naquela casa — disse, resoluto. — Vamos pra lá depressa.

Com enorme sacrifício, os dois foram arrastando o pesado corpo de Romão na direção do casebre. Ao perceber para onde o levavam, ele sussurrou que o deixassem ali mesmo; não queria entrar. Quis reter a lenta marcha de Lucas e Miguel, mas estava fraco demais para fazer força. Foi vencido.

Chegaram, afinal.

— Vamos bater na porta, Lucas.

— Não adianta bater — disse o velho. — Só à força mesmo que a gente entra. Lá vai! — Meteu o pé na porta, e ela abriu-se, rachando de alto a baixo. Estava feito o serviço. Entraram.

***

A bola de madeira subia e descia até a distância possibilitada pelo cardeal encardido, mas Lucas não acertava um só lance. Há quase uma hora vinha tentando pacientemente, e nada de acertar. Miguel arrebatou-lhe o bilboquê das mãos e compenetradamente fez algumas tentativas ousadas, também sem êxito. Largou o bilboquê sobre a terra.

— Foi pena terem pegado Plutão — disse Miguel, meneando a cabeça. — Ele era o tipo mais gozado que vi no mundo. Uivava tão bem como um cachorro e jogava bilboquê melhor do que um menino de escola. Acho que a gente vai sentir muita falta dele, embora não sabia falar uma palavra.

Lucas ficou pensativo, lembrando uma a uma as manias do demente, e depois de algum tempo, rompeu o silêncio:

— Qualquer um gostava logo do Plutão. Ele não fazia mal pra ninguém e era muito engraçado mesmo. E acho que vivia melhor do que nós. Sempre matutei que um dos males do homem é ter pensamento. O homem quer saber porque as coisas são desta ou daquela maneira, vive fazendo perguntas, e por isso sofre. É que tem uma porção de coisas na terra que são mistérios para o homem. Ele não deve tentar penetrar nesses mistérios. O que deve fazer é esquecer deles e se convencer que eles não existem. Não sei se estou sendo muito claro, mas é que tudo isso é muito difícil da gente dizer. Eu não estudei, não sei me explicar. Mas sinto que uma porção de coisas não tem resposta e que o homem para viver melhor não deve pensar nelas. Por isso os loucos, que não pensam em nada, vivem bem.

Miguel olhava distraidamente para o bilboquê. Não prestara atenção no que Lucas dissera.

– Escute, Lucas, nem se eu treinasse um ano não aprendia esse jogo.

– É porque você não dá tento aos lances – explicou Lucas. – Você olha pro bastonete e pro cordão, mas isso não basta. É preciso fechar os olhos pra tudo que está ao redor e aí jogar.

– Não adianta, Lucas. Minha cabeça fica cheia de pensamentos. Vivo pensando em chegar em Minas – E continuou, entusiasmado: – Lá tudo vai ser bom, você vai ver. A gente pode andar à vontade pelas estradas e ninguém se incomoda. Não é como aqui, que o Governo quer nos pegar. A gente vai viver bem em Minas – concluiu.

Romão apanhou a garrafa de cachaça que estava ao lado do filho e virou o gargalo na boca. Depois continuou a assobiar uma musiquinha muito aborrecida, que desde cedo vinha assobiando. Conhecia apenas um pequeno trecho dela, e o repetia sempre.

– Que diabo de música é essa? – vociferou Miguel, que facilmente se irritava com as músicas do pai.

– Não sei o nome – respondeu Romão. – O carcereiro do Asilo estava sempre cantando ela. Me lembrei desse pedaço quando o caboclo estava me tirando a bala. O carcereiro conhecia a letra. A letra, sim, era bonita.

Beberam mais, os três, e falaram de Minhas e do pontapé que Romão dera no carcereiro. Mas ele próprio pouco dizia daquela noite, preferindo beber e assobiar a musiquinha, sempre explorando a memória, à procura de outros trechos.

Miguel levantou-se, e aproximou-se do Pretinho, para montá-lo.

– Vamos indo – disse.

– Indo pra onde? – interrogou Romão.

— A gente não combinou que ia continuar o caminho pra Minas esta noite? Você anda com uma preguiça desgraçada, pai. O que foi isso?

Num salto, Miguel montou no Pretinho e ficou à espera dos outros. Lucas levantou-se, lerdamente, e montou no mesmo cavalo.

Romão não se mexeu do lugar, ainda a assobiar a musiquinha. Parecia esquecido do mundo, e principalmente da pressa que tinham de ir para Minas. Havia momentos em que certos trechos da música lhe fugiam da memória, e ele fazia uma cara amargurada. Quando os lembrava, sorria.

— Monte logo, Romão – disse Lucas.

Romão continuou ali, no mundo da lua, e quando Lucas repetiu a ordem, ele respondeu com toda a firmeza, olhando à fogueira:

— Eu não vou.

Lucas e Miguel entreolharam-se, abismados, desmontaram do cavalo e aproximaram-se de Romão, querendo saber por que resolvera não partir aquela noite.

— Tenho um servicinho para fazer – disse. – Vou estripar um sujeito. Arranco as tripas dele pra fora, chuto elas e depois me encontro com vocês.

Os dois nada compreendiam.

— Que sujeito é esse?

— Aquele canalha do Silvério. Pedro falava duma parelha, e essa parelha só pode ser Silvério e Joaquim. Destripo os dois.

Miguel ficou possesso e tentou dissuadir o pai porque tinha pressa de chegar a Minas, mas Lucas nada disse.

— Você vai esperar eles aqui? – quis saber.

Romão sacudiu a cabeça negativamente.

— Volto pro lugar do tiroteio. Pode ser que ainda estão lá. Mato os dois, apanho meu violino e volto outra vez. Será que quebrou a coroa dele, Lucas?

Sem esperar resposta, Romão desarrolhou a garrafa de aguardente, encheu sua caneca e a dos companheiros. Repetiram a dose várias vezes. Estavam um pouco tristes, mas quando a garrafa chegou ao fim, já pareciam alegres, e Romão começou a contar suas velhas histórias, esquecido de que eram velhas. Depois, fez planos para o futuro:

— A primeira coisa que vou fazer em Minas é procurar minha fêmea.

— E se ela está com outro sujeito?

— Arrebento ele e levo ela comigo. Faço uma casinha de madeira, como aquela do Motta, e roubo o colchão de alguém. Nada como um colchão pra quem tem uma boa fêmea.

Abriram mais uma garrafa, a última que lhes restava, e tomaram outros tragos. Lucas e Miguel largaram-se no chão, já embriagados. Quando Romão percebeu que seu olhar não se fixava em nada, sacudiu energicamente a cabeça e levantou-se. Saltou no cavalo e, tombado sobre ele, disparou pelos campos, sumindo na escuridão esponjosa da noite.

Miguel abriu os olhos a tempo de vê-lo partir e acordou Lucas, sacudindo-o abruptamente.

— Vamos atrás dele.

— Quero dormir — protestou o velho.

— Nada disso. Vamos. Ele montou no Pretinho e eu não quero perder o cavalo.

***

Pedro bebia e deixava que a baba lhe escorresse da boca. A cabeça girava em torno do pescoço miúdo, os seus olhos sonolentos fitavam ora o patrão, a seu lado, ora as chamas da fogueira, que o vento ondulava. Numa voz mole e sempre igual, lamentava a vida, a sua fraqueza e confessava os seus remorsos.

— Não gosto de fazer mal pros amigos — dizia. — Amigos bons valem ouro e a gente sempre precisa deles pra alguma coisa. Esse Lucas que está com Romão foi quem deu o lençol pro enterro da minha mulher. Não posso esquecer isso. Foi um gesto muito distinto.

Silvério o ouvia, irritado. Desde que haviam partido do Asilo, Pedro vinha falando com aquele tom queixoso de voz, e repetindo sempre as mesmas coisas.

— Cala a boca! — berrou.

— Me deixe falar, patrão. A gente só se entende falando.

— Não quero entendimento contigo. Estou azedo esta noite.

— Ouça o Pedro, patrão. Pedro tem uma ideia no miolo. — E começou a dizer: — A gente devia ir pra Minas, já que estamos perto da fronteira. Vamos pra Minas e nunca mais a gente volta pro Asilo. Em Minas não tem Profilaxia. Podíamos viver folgados lá. Que acha da ideia do Pedro, patrão?

Silvério cuspiu sobre a fogueira e a saliva chiou como uma risada contida.

— Você é burro, Pedro. A gataria acabou em toda a parte. Quem manda é o Estado e a gente tem de obedecer ele.

— Está certo, mas isso de viver preso é muito duro. Pedro quer ser livre.

— Fuja, então — sugeriu Silvério, rindo com o canto dos lábios. — Não estou lhe segurando, mas depois vou atrás de você, fica avisado. Vou lhe buscar onde você está e aí você não foge mais. Depois duma temporada na cadeia ninguém foge mais.

— Foi só uma ideia, patrão. Você sabe que não falei sério. Sempre disse comigo: já que o governo quer tomar conta da gente a gente deve deixar. Mas isso de andar no rastro de amigos não é direito — insistiu.

— A gente persegue fugitivos da Lei — disse Silvério.

— Mas tanto pode correr sangue deles como o nosso, lembrou Pedro, espantado coma própria lembrança.

— Por isso você não deve fazer asneira da próxima vez. A gente também pode morrer, se sair tiro.

Pedro engoliu um trago de cachaça e levou as mãos aflitamente à cabeça.

— Maldita hora que vim junto de vocês. Deus está me castigando. Ele não queria que eu viesse e eu desobedeci. O Batista me disse: os mansos herdarão a terra. Mas nunca quis ser manso. Vou derramar sangue, pensei, e estou salvo pra sempre. Pulei no cavalo e vim com vocês. Queria ser como o velho Marques, sabe? Mas o velho Marques sabia o que era certo e o que era errado. Eu não sei de nada. Sou um trapo humano.

Silvério olhou-o com desprezo.

— Fui uma grande besta em deixar você vir com a gente. Você só atrapalha. No seu lugar devia ter trazido a Laura. Aquela valia por dez homens. Com ela aqui já estávamos com a bolada no papo.

— Ah! Ah! Ah! — gargalhou Pedro, levantando-se. — O patrão sem a fêmea do lado está falido. Anda caladão e nervoso. Treme no gatilho. Deixa a caça fugir. Ele é um covardão como eu e como todos os homens são. É um tigre sem presas.

Silvério ergueu-se.

– Cale a boca, filho duma cadela!

Delirante, Pedro dizia:

– Os mansos herdarão a terra...

– Lhe estrangulo, desgraçado.

– Pode vir, patrão – desafiou Pedro, abrindo os braços. – Pode vir. Mate-me. Não faz mal. Os mansos herdarão a terra...

Silvério saltou sobre ele, derrubando-o. Sentou-se-lhe em cima do peito e começou a cobrir-lhe o rosto e a cabeça de socos. Golpeava sem parar, furiosamente. Pedro defendia-se, escondendo o rosto com as mãos, e gargalhando ainda. Mas os socos acabaram por silenciá-lo.

– Deixe o homem em paz – sugeriu uma voz.

Silvério largou a vítima e levantou-se. Quis recuar, mas havia a fogueira atrás de si. Teve de permanecer ali mesmo, sem probabilidade de escapar.

– Você me pregou um susto danado – disse, para ganhar tempo.

Romão parecia maior com o rosto e o tronco clareados pelas chamas da fogueira. Estava senhor de si, sossegado, e com um sorriso gaiato nos lábios crispados. Na mão enorme, segurava o velho e enferrujado trabuco.

– Que fim levou o louco? – perguntou.

– Joaquim levou ele pro posto sanitário.

– Está vivo?

– Apenas um arranhão na cabeça. Não atirei pra matar.

Romão caminhou até a barraca e olhou dentro dela com avidez.

– Meu violino está aí, não?

– Você veio só pra buscar ele?!

Romão riu-se e mirou Silvério de alto a baixo, como se estivesse escolhendo a parte do corpo em que ia atirar.

O patrão largou-se na terra, de costas para o inimigo, desarrolhou a garrafa de aguardente e tomou um longo trago no gargalo. Limpou a boca com a manga da blusa, e depois passou a língua sobre os lábios. Já não se mostrava mais assustado.

– Essa cana é da boa? – perguntou Romão, baixando ligeiramente o cano da arma.

Silvério, num gesto de mão, convidou-o a tomar um trago.

— Venha experimentar.

Romão seguiu até ele, curvou-se, desconfiado, pegou a garrafa e virou-a na garganta. Custou a emitir uma opinião. Disse, por fim:

— Acho que nunca tomei melhor.

Silvério acendeu um cigarro de papel e olhou-o com um sorriso malicioso.

— Você tinha uma fêmea chamada Ana, não é?

— Tinha, sim.

— Ela está lá na gafaria.

— Ana está lá! — admirou-se Romão.

— Sabia que o macho dela morreu?

— Não sabia.

— Pois é, o macho dela morreu e ela ficou sozinha. Vive falando de você.

Romão sentou-se à vontade ao lado de Silvério e apanhou outra vez a garrafa de cachaça. O nome de Ana vinha lhe trazer uma porção de recordações felizes e ele voltava-se todo para o passado.

— Aquela nunca mais esquece de mim. Já lhe contei como foi que conquistei ela, já?

Silvério respondeu que não, e ele começou a contar a história de Ana, como fizera a Lucas e como fazia a toda gente que encontrava. A cada frase, interrompia-se para beber da garrafa. O patrão bebia também, muito calmo, e fumava. Quando Romão acabou de contar a história, ele lamentou:

— Dá pena ver uma mulher daquelas sozinha.

Romão concordou.

— Ana é mulher que vale qualquer sacrifício.

— Pois então venha comigo. Se você se portar direito e trabalhar, os chefões esquecem aquele caso do carcereiro. Você será o novo carcereiro, se quiser.

A mão de Romão que segurava a garrafa tremeu, e ele olhou feio para Silvério.

Não vou nem amarrado
Não vou nem amarrado.

Saltou de pé.

– Você é um canalha – disse. – Me roubou o dinheiro do Elefante e depois quis me matar. A gente vai ajustar as contas agora.

Aquela mudança brusca de atitude deixou Silvério confuso.

– O que foi que houve, homem? Sente aí.

– Vamos acabar com isso já.

– Não estou entendendo. Quer baderna?

Romão empunhou o trabuco e puxou o gatilho. Nada. Usou as duas mãos. Nem assim o gatilho funcionou. Silvério levou a mão à cintura, para tirar o revólver, mas Romão foi mais rápido: mergulhou sobre ele. Rolaram no chão, disputando a arma. Com um pontapé, Romão arremessou-a longe. Silvério libertou-se do adversário e correu para apanhá-la. Mas foi detido por uma perna e caiu outra vez. Os dois lutavam, no chão, numa luta febril e sem ruídos. Iam rolando pelo campo.

Depois de alguns minutos, Romão levantou-se e sacudiu a cabeça, bufando. Olhou as mãos enormes e esfregou-as nas calças, enxugando-as do suor. A ferida do braço voltara a sangrar, mas ele não se importava. Cuspiu forte e olhou para a frente.

Uma marionete se alçou diante da fogueira, uns vinte passos do lugar onde Romão estava, e começou a aproximar-se dele.

– Tudo está bem, Pedro. Quebrei o pescoço do homem.

A marionete não disse nada e continuou a avançar. Seus passos eram curtos e vacilantes. Às vezes parecia perder o equilíbrio e parava. Ficava algum tempo parado e depois prosseguia, com a mesma indecisão.

Quando Romão foi se chegando também para perto da fogueira, Pedro abaixou-se e pegou do chão a arma de Silvério.

– Não tenha medo, Pedro. Sou eu, não me conhece?

Três disparos consecutivos e secos espatifaram a abóbada de vidro da noite. Romão deu ainda alguns passos lentos na direção do agressor. Depois, titubeou e caiu.

Pedro olhava admirado para o revólver, para as suas mãos, para os seus braços e para seu corpo todo, orgulhoso de si próprio. Ao ouvir um tropel de cavalo, alertou-se.

– Ninguém pega o Pedro – disse.

Correu para o seu animal, saltou nele, agora não como uma marionete, mas todo resolução e vida própria. E fustigou-o com uma crueldade premeditada e firme, numa vitoriosa fuga.

***

Lucas e Miguel ajoelharam-se ao lado de Romão. Ao vê-los, ele tentou erguer-se, fincando os cotovelos na terra umedecida. Mas não pôde, e deixou-se ficar ali mesmo. Sua camisa estava ensanguentada e a terra ao redor dele também. Respirava fundo.

— Quem foi que atirou?

— Pedro — respondeu o ferido, numa espécie de sorriso raivoso.

O rapaz lançou um olhar decidido para a frente.

— Vou como um raio atrás dele. Vou já.

O braço de Romão ergueu-se, detendo-o.

— Deixe ele fugir. Tanto podia ser Pedro como qualquer outro. Dava na mesma.

— Aquele cachorro nos traiu, pai.

— Está com a Lei, o canalha — disse Romão, apalpando morosamente o peito.

— Dói muito?

— Não dói nada. Só queima e arde, mas não dói ainda.

— Vamos dar um jeito nisso.

— Esperem, tenho uma notícia: o louco está vivo. Foi levado pra gafaria. Silvério disse.

— Não fale mais — aconselhou Lucas. — Agora vamos pra casa do caboclo. Ele tira as balas e você sara. Aquele caboclo é um sujeito esperto pra burro com uma pinça na mão. Você pode caminhar segurando na gente?

Romão fez que sim, e os dois, com um esforço enorme, puderam levantá-lo. Apoiado em Lucas e Miguel, respirava profundamente, suava por todos os poros e dava um ou outro passo vacilante. O sangue escorria das crateras abertas no corpo. Uns dez passos além, Romão foi ficando pesado, e já não podia andar.

— Coragem, Romão. O casebre é perto daqui.

– Me deixem respirar.

– Mais um pouco e a gente chega, pai.

Depois dum breve repouso, voltaram a andar. As longas pernas de Romão dobravam quando os pés tocavam o solo e sua vasta cabeça de cabelos revoltos teimava em pender sobre o pescoço. A respiração era demorada e ofegante.

– Quero descansar no chão um minuto.

Miguel sabia que se ele deitasse não podia levantar mais.

– Vamos pra diante, pai.

– O casebre fica logo ali – ajuntou Lucas.

Mas qualquer distância era enorme para Romão.

– Não aguento. Me falta o ar.

Estenderam-no na barba-de-bode umedecida. Ele respirou mais aliviado. Não queria andar mais. Queria ficar ali. Sentia-se bem ali.

– Já pode andar?

– Acho que não. Estou todo arrebentado por dentro. Pedro acertou em cheio.

Miguel afligiu-se.

– A gente tem de ir pra Minas, pai. Estamos quase na fronteira.

– Ah, Minas! – lembrou Romão. – Estava pensando em Minas, agora. Aquela morena magra que cantava músicas tristes nunca me saiu da cabeça. Vocês sabem disso.

Pediu um cigarro para Lucas, deu algumas longas tragadas e, com voz rouca e baixa, começou a recordar os velhos tempos em que os gateiros dominavam as estradas. Lembrou uma porção de façanhas, instigando, com breves perguntas, a memória dos companheiros. Falou com saudade do Quincas, do Elefante, do velho Marques e até do próprio assassino, o Pedro.

– O mais sabido de todos era Silvério – declarou. – Lembram como é que fez pra roubar a gente? Com ele ninguém podia na estrada. Se não o pegasse desprevenido, ele me escapava outra vez.

– Você foi esperto, pai.

– É que eu não podia perder a partida. Não estava com vontade de matar o homem, mas ninguém gosta de perder. O que diz, Lucas?

– Claro que ninguém gosta de perder.

— Você podia fazer um pequeno esforço e a gente chegava até o casebre — insistiu Miguel.

Aquele Porthos leproso, que vivera heroicamente, nos seus últimos instantes, não sentia o desejo de reação alguma.

— Podia, sim — disse Romão. — Mas estou muito cansado. Amanhã, se eu melhorar, a gente vai. Agora quero dormir um pouco. É cedo ainda, mas estou com sono. Acho que é porque bebi demais. Não posso nem abrir os olhos.

As pálpebras desceram sobre os olhos de Romão e suas faces, sem rancores, espelharam a mais absoluta tranquilidade. Parecia dormir mesmo e, por algum tempo, os dois acreditaram que ele dormia. Mas Romão já estava morto.

***

A noite tardava demasiado, mas caiu com rapidez, envolvendo no seu bojo estrelado as vilazinhas distantes, os campos de barba-de-bode e as imponentes montanhas cinzentas. Milhões de vagalumes ergueram-se da terra estagnada e começaram a riscar o espaço, esborrifando a noite de faíscas verdes. O luar clareava perfeitamente os campos, dando-lhes uma coloração metálica, e viam-se com nitidez os atalhos em espirais que levavam ao cimo das montanhas.

Quase no topo da mais alta, sobre uma sólida plataforma de pedra, estavam Lucas e Miguel. Quando Romão morreu, enterraram-no junto de Silvério e continuaram a fuga na mesma noite. Antes, porém, de atravessarem a fronteira de Minas, Lucas viu as montanhas e manifestou o desejo de passar a noite lá em cima. O rapaz concordou e subiram. Mas, no dia seguinte, o velho não quis descer, pretextando que aquele era o melhor lugar que já encontrara para viver e que precisava meditar um pouco. Miguel não sabia em que Lucas queria meditar, mas teve que ficar calado porque o velho não descia mesmo. Fazia já três dias e três noites que estavam lá, e Lucas ainda não parecia disposto a seguir pra Minas.

Lucas de fato nunca encontrara um lugar tão bom para viver. Passava o dia dormindo numa caverna que havia na montanha e à noite ficava numa ponta da plataforma, olhando a planície e o céu. Falava pouco, mas mostrava-se contente e, quando faltou cachaça, não fez cara feia. Apenas lamentava não ter chegado antes àquele paraíso e não poder passar o resto dos seus dias naquelas alturas tranquilas.

Com Miguel, no entanto, tudo se dava ao contrário. Arrependia-se amargamente de ter concordado em subir e dizia que enlouqueceria se continuasse lá. Estava impaciente e passeava dum lado a outro da plataforma como um tigre na jaula. À noite, não dormia, pensando em Minas, tão próxima, e no perigo que ainda corriam. Depois que tivesse notícia da morte de Silvério, claro que a polícia sanitária iria atrás deles, ainda mais agora que Pedro se fizera valente. Confessava os seus receios a Lucas, mas o velho não lhe dava a menor importância. Para ele, nada mais tinha importância.

– Você enlouqueceu de verdade, Lucas! – exclamou Miguel. – Pedro e Joaquim no rastro da gente e você não se mexe. Ainda vamos nos estrepar, por sua causa.

Lucas despertou dos seus pensamentos e respondeu sem olhar ao companheiro:

– Não tem lugar mais seguro do que este. Eles não podem adivinhar que a gente está aqui em cima. Acha que podem?

– Adivinhar não podem, mas estamos perdendo tempo. A fronteira de Minas é logo aí adiante. A gente podia chegar amanhã mesmo se partisse hoje.

O velho refletiu um instante, e bate com a mão espalmada na coxa, tomando uma resolução:

– Está bem, Miguel. Amanhã cedo a gente vai pra Minas.
– Fala sério?
– Falo.
– Puxa, Lucas, até que enfim!

A decisão de Lucas trouxe um pouco de paz ao espírito de Miguel. Depois daqueles três dias tediosos de imobilidade e expectativa, iam, afinal, prosseguir a jornada. No dia seguinte, talvez, já estivessem em Minas, inteiramente livres e salvos do perigo. Era pena que "seu" Mendes, Plutão e Romão não pudessem ir com eles, mas certamente fariam novos amigos nas estradas mineiras e a vida continuaria da mesma forma. Miguel estava satisfeito.

Sob o azul vivo e quente do céu, a planície parecia um lago de águas ligeiramente prateadas. Lucas olhava para baixo, descansando o olhar naquele vazio, a aparentar uma despreocupação absoluta. A necessidade de descer, no entanto, de voltar a enfrentar os problemas da planície era um martírio para ele. Viciara-se àquela calma e àquela vida sem incidentes da montanha.

Miguel, que espiritualmente se preparava para recuperar a liberdade perdida, tinha uma velha pergunta a fazer ao velho.

— Me diga, Lucas, por que é que existe a Profilaxia? Quero ser mico de cavalinho se entendo por que esses diabos saem à caça da gente como se fôssemos bichos do mato.

A pergunta pegou Lucas desprevenido, e ele teve que acender um cigarro para respondê-la.

— A Profilaxia nasceu do medo – disse ele. – Os sadios têm medo de pegar a doença e, por isso, inventaram essas gafarias nojentas onde jogam a gente. Jogam e esquecem. Pra eles não importa se estamos passando bem ou mal dentro delas, se estamos melhorando ou não, se estamos contentes ou insatisfeitos. O que importa é a segurança deles. Mas estou desconfiado, Miguel, que não é só o medo que faz a Profilaxia. Acho que ela é também um grande negócio, pois tudo que prospera é desonesto. Essa é a minha desconfiança, Miguel.

Quando acabou de falar, Lucas estava cansado e não sentia mais vontade de tragar o cigarro de palha. Atirou-o longe, voltando ao vicioso mutismo daqueles três dias.

— Neste mundo todos são uns canalhas – disse Miguel com toda a convicção. – Uns lutam contra os outros. E os próprios amigos da gente nos traem como fizeram Silvério e Pedro. Não estou certo, Lucas?

O velho enfiou a mão no bolso, à procura de outro cigarro, e foi respondendo, com voz pausada:

— Bom, isso é coisa que não se pode afirmar assim – disse. – Já pensei como você a respeito dos homens, por isso que vivi uma porção de anos afastado de todos. Mas depois comecei a achar que estava errado e agora tenho a certeza disso. Nem todos são maus e tem ainda muita gente boa, como aquele caboclo que socorreu Romão. A gente pensava que tinha de invadir a casa dele e ele nos deixou entrar e comer, nos deixou dormir em sua cama e não aceitou paga. Aquele caboclo era um bom sujeito e deve ter muita gente como ele espalhada por aí. E mesmo os homens maus não são inteiramente maus. Tem alguma coisa de bom em todos os homens, e talvez seja por isso que estamos todos aqui, juntos, neste planeta. Foi o que aprendi e descobri, devagar, nesses anos que vivi na estrada.

Alertado por um ruído estranho, Miguel saltou de pé. Com as faces lívidas, moveu-se cautelosamente até uma das extremidades da plataforma e voltou aflito, depois dum curto olhar para a planície.

– A gente com conversa fiada e eles aí embaixo!

– Quem?

– Os inspetores sanitários!

– Como adivinharam que estamos aqui?

– Viram os cavalos, decerto. Pedro deve estar junto e ele conhece bem o Balão e o Pretinho. Estamos fritos!

Ficaram ambos em silêncio, pensando no que teriam de fazer. Aqueles três dias de inatividade lhes roubara todo o poder de ação. Estavam alarmados e não sabiam como se proteger do perigo. Se Romão estivesse com eles, não sentiriam aquela insegurança e não estariam assim indecisos: era sempre Romão quem tomava as iniciativas. Mas Romão não estava ali, estava debaixo da terra, sepultado junto do seu inimigo mortal, e os dois cavalos pastavam no campo, fora de alcance.

– Vamos tentar descer a montanha – sugeriu Miguel.

– Com esse luar podemos ser vistos debaixo e nos estrepamos. Vamos nos esconder na caverna. Pode ser que não encontrem a gente. Vamos.

O interior da caverna era escuro como breu e úmido. O limo das paredes parecia a saliva das rochas. Não era muito alta, de forma que os dois tinham que se manter de cócoras, pois não podiam sentar-se no chão sempre molhado. Com a mão trêmula, Miguel segurava o revólver que pertencera a Silvério. O velho trabuco de Romão estava com Lucas.

– A gente vai morrer aqui – disse Miguel. – Não temos jeito de escapar.

– Pode ser que não nos encontrem. Eh! O que é isso? Você está tremendo como vara verde!

— Lucas, não quero bazofiar: estou com medo mesmo, um medo danado. Se eu fosse velho como você, estava calmo, mas sou moço e queria aproveitar a vida ainda.

— Está tudo certo — disse o velho — mas não adianta ficar tremendo assim.

Miguel respirou com dificuldade.

— Era melhor que eles apareciam logo e acabavam com a gente. O pior é esta espera desgraçada.

O velho acendeu um cigarro e passou outro a Miguel.

— Fume enquanto espera, mas se ouvir passos na plataforma, apague o cigarro e não faça barulho.

Miguel tragou o cigarro longamente e expulsou a fumaça pelas narinas. Encostou no joelho a mão que segurava a arma, para que ela não tremesse, e cansado da posição apoiou-se numa saliência da caverna.

— O primeiro que pôr a cara na plataforma leva chumbo — disse, mais animado.

— Não é bom agir com precipitações — aconselhou Lucas — É capaz que eles subam na plataforma e não vejam a gente aqui.

— Se Pedro está junto acerto nele — garantiu Miguel. — Aquele é o maior traidor que eu conheci. Um tipo como ele dá gosto da gente matar.

Lucas cansou-se da posição e sentou-se sobre o chão molhado mesmo. Um vagalume entrou pela boca da caverna e ele golpeou-o com uma palmada rápida. O animalzinho caiu por terra, e ficou ainda pisca-piscando por algum tempo. Quando a luzinha verde apagou, Lucas deu alguns passos silenciosos até a frente da caverna e levou a mão em concha ao ouvido para escutar.

— Acho que vem subindo gente — sussurrou, voltando para perto do companheiro.

A mão do Miguel recomeçou a tremer e por mais que a forçasse contra o joelho ela tremia. Jogou o cigarro ao chão, pisou nele com a ponta do sapato e concentrou toda a sua atenção na plataforma iluminada pelo luar. Mas não ouviu ruído algum, além do canto dos grilos e das cigarras e da sua própria respiração ofegante. A espera se prolongaria, ainda.

— Escute, Lucas, — disse de repente, fazendo uma tímida pergunta —

você acha que eu podia viver na cidade, misturado com os sadios, como se fosse um deles?

O velho chupou o cigarro e suas barbas brancas brilharam no interior da caverna. Sempre a olhar à plataforma, respondeu em voz lenta:

– Você podia, sim, e era mais seguro e melhor do que viver nas estradas. Os sadios sabem que você é gateiro porque você pede esmola no cavalo e porque anda com os outros gateiros. Só por isso.

– Então algum dia vou viver na cidade – declarou Miguel, com um entusiasmo distante. – Trabalharei numa fábrica. Deve ser bom trabalhar numa fábrica. O que acha, Lucas?

– Claro que deve ser bom.

– Você já trabalhou numa fábrica, Lucas?

– Nunca.

– Quem sabe você ainda vá trabalhar numa.

– Não gosto do barulho das fábricas.

Miguel derrubou o cigarro de Lucas com um tapa e esmagou-o com o sapato.

– Vem gente subindo!

Ficaram no mais completo silêncio, com as armas apontadas para a boca da caverna. A espera ia ter fim, e o destino deles estava em jogo.

Alguns minutos depois, alguns homens apareceram na plataforma. À frente deles, vinham Pedro e Joaquim. Um dos inspetores avançou e, ficando de costas para a caverna, disse aos outros:

– Não estão aqui. Devem ter fugido em tempo.

Viram o corpo miúdo de Pedro mover-se pela plataforma, numa ansiosa procura. Olhava o chão, palmo a palmo, como se quisesse encontrar algo que assinalasse a proximidade dos fugitivos. Parecia decepcionado.

– Vamos embora. Eles sumiram – decidiu Joaquim, levando ao ombro a espingarda a tiracolo.

– Não! – berrou Pedro. – Estamos cegos, gente. Vejam lá: uma garrafa vazia!

– Estamos no rastro, patrão!

– Meta uma bala naquela caverna, Joaquim.

Lucas, porém, atirou primeiro: a bala raspou a cabeça do caboclo, que saltou de lado, saindo fora da visão. Dois inspetores esconderam-se atrás duma pedra, diante da caverna, e Pedro correu para uma extremidade da plataforma.

Ouviu-se outra vez a voz de Pedro.

– Deus estava contigo, mameluco.

Os dois inspetores atiraram ao mesmo tempo e as balas se encravaram nas paredes internas da caverna, fazendo uma chuva de lascas de pedra cair sobre os fugitivos. Lucas e Miguel responderam ao fogo. Mas não viam nenhum dos assediadores. Atiravam a esmo.

– Estamos perdidos – disse Miguel, atordoado pela repercussão dos disparos.

– Aquela garrafa nos estragou, Miguel.

Pedro que se colocara muito ao lado da boca da caverna, fora do alcance das balas, dizia animadoramente aos companheiros:

– Eles não podem resistir por muito tempo. A munição logo acaba.

Arriscando-se a levar um tiro, Joaquim correu pela plataforma, indo esconder-se atrás duma pedra, pouco adiante dos inspetores. Logo depois desfechava um tiro com a espingarda.

– Aquele cabra ainda nos acerta – disse Lucas. – Vamos mais pra trás.

Percorrendo o lado da caverna, Pedro procurava alguma pequena brecha donde pudesse alvejar os dois, sem se expor aos tiros. Atacá-los pela frente, como fazia Joaquim, era loucura. Era um lobo, sim, mas um lobo esperto, e estava contente consigo mesmo. Como não encontrou o que procurava, voltou à plataforma.

– Não queremos matar amigos – berrou. – Saiam daí de dentro com as mãos ao ar. Vamos, Lucas.

Miguel sentiu um vento fresco nas costas, e olhou para trás. Viu um trecho do céu, coalhado de estrelas, e embaixo a planície, que prosseguia, além das montanhas. Deixou o vento bater-lhe o rosto e abriu a boca para que ele lhe refrescasse a garganta ressecada pela tensão nervosa. Lembrou, então, dos cavalos, nos campos, e por um instante teve a impressão de sentir sob o tronco o balanço do Pretinho, no seu golpe ritmado. Ao voltar os olhos para o interior escuro da caverna, lembrou-se dos subterrâneos do trem-fantasma, no parque de diversões, e daquele contato sedoso que sentira durante a viagem relâmpago. Tocou o braço de Lucas, com o cano da arma.

– Tem um buraco aí atrás. Será que a gente pode escapar?

O velho lançou um curto olhar para a brecha da rocha e voltou a concentrar sua atenção na boca da caverna.

– Dois não podem fugir – disse. – Eles perceberiam.

– Não vale a pena tentar?

– Acho que não. – E acrescentou: – Fuja você.

– Sozinho? Isso que não, Lucas. A gente vai junto. A gente sempre viveu junto.

– Desta vez não fujo – declarou Lucas, com os olhos e a atenção voltados para a plataforma enluarada. – Estou cansado de fugir. Depois, tenho de devolver o bilboquê para Plutão. O bilboquê é dele, não é meu, e só ele que sabe jogar direito essa joça.

– Sozinho não tenho coragem – confessou Miguel, em voz baixa.

– Acho que você deve fugir – disse Lucas. – A vida na cidade é boa, e você pode viver lá muito tempo, se tiver sorte. Dinheiro você tem. Fico até sem jeito de dizer a você, mas o fato é que escondi alguns pacotes do Elefante. O avarento escondia dinheiro até no travesseiro!

– Os pacotes estão aí com você? – espantou-se Miguel.

– Estão, sim. Eu pensava em esbanjar eles, sozinho, mas não tive tempo. São seus agora.

Agora os inspetores atiravam com intervalos mais curtos, cerrando o fogo sobre a boca da caverna. Joaquim mudou de posição, indo esconder-se arás da outra pedra. Postado de pé, num canto da plataforma, Pedro não tomava parte do tiroteio. O que lhe interessava era averiguar se havia alguma possibilidade dos dois escaparem. Cautelosamente, desceu da plataforma e foi seguindo por uma trilha que prolongava até a parte posterior da caverna. Se existisse outra saída, tentariam fugir, mas ele estaria à espera do primeiro que ousasse pôr a cabeça fora. Não era bom atirador; porém, o luar ajudava. Chegou a um ponto onde a trilha terminava diante dum enorme bloco de pedra. Não era possível ver se a caverna tinha outra saída ou não. Seria preciso escalar a pedra, e não estava disposto a isso. Resolveu voltar pela trilha e descer até a qualquer lugar da montanha donde pudesse ver o fundo da caverna.

Miguel enfiou a carteira de Lucas no bolso das calças.

– Você foi um camaradão, Lucas.

– Muita gente se arruína com dinheiro – disse o velho. – Você vai então pra cidade?

– Estou resolvido, Lucas.

– Então não é bom perder tempo. Fuja. Eu continuo atirando e depois me entrego.

Miguel passou pela fenda estreita da caverna, arranhando o corpo nas pontas agudas das pedras. Sentiu no rosto o frescor macio da noite. Respirou profundamente o ar livre e começou a descer a montanha. A primeira dificuldade foi uma pedra que ele teve que escalar. Quando chegou em cima, firmando-se com as mãos crispadas, julgou não poder sustentar-se. A sensação de estar sendo repelido pela pedra o enfraquecia. Mas, com um novo impulso, conseguiu forçar os joelhos contra ela e se pôs de pé. Aquele esforço inicial bastou para extenuá-lo; porém, não podia se demorar. Deslizou pela pedra, caindo de baque no chão. À sua frente, estava a trilha que levava à base da montanha. Seguiu por ela o mais depressa que pôde. Às vezes escorregava e tombava, maguando-se na queda. Tinha as mãos e os joelhos feridos e as pernas das calças em tiras. A sola dos sapatos se desprendera e os seus cabelos e o rosto estavam sujos de terra. Nos trechos menos inclinados da trilha, corria.

Aquela trilha foi ter a outra plataforma de pedra, mais estreita e menos sólida daquela em que estivera com Lucas. Sentiu-se tentado a atirar-se ao chão e descansar alguns minutos, mas não o fez. Atravessou a plataforma e do outro lado encontrou uma nova trilha. Seguiu por ela a toda pressa. Uma rampa, porém, deteve-lhe a marcha. Estacou e olhou para baixo: viu os dois cavalos, pequeninos como animais de presépio, e ao lado o carro da polícia sanitária. Já estava a meio caminho da planície.

– Eh! Pare! – Alguém berrou, quando ia escorregar pela rampa.

Olhou para trás, mas não viu ninguém. Ouviu então um disparo, e uma pequena onda de terra e lascas de pedra ergueu-se a poucos metros dele. Fechou os olhos para protegê-los e quando os abriu distinguiu a silhueta de Pedro sobre a plataforma. Largou as mãos e deslizou pela rampa como um animal abatido. A descida foi brusca e quando chegou embaixo estava com todo o corpo arranhado. As pernas e os braços ardiam-lhe e sangravam. Levantou-se incontinenti, mas ao ver-se entre o vazio do céu e da planície sentiu uma espécie de vertigem e suas pernas começaram a tremer sob o peso crescente do corpo. Reagindo à tontura, respirou com força e esfregou os olhos nublados. Prosseguiu a fuga, com redobrado ardor, mas aos primeiros passos descobriu que manquejava. Machucara-se mais do que supunha na descida da rampa. Julgava-se, no entanto, livre de Pedro, e isso era o principal.

Já muito próximo da base da montanha, Miguel ouviu outro disparo. Pedro não desistira, estava ainda em seu encalço. Arrancou o revólver da cinta, mas não podia fazer uso dele porque não tinha ideia de onde Pedro se achava. Correu pela trilha, sem olhar para trás ou para os lados. Surgiu uma valeta à sua frente. Saltou-a. Continuou a correr e ao defrontar-se com outra rampa não se deteve a medir as consequências da descida. Rolou por ela, como um fardo, e quando chegou embaixo descobriu que estava com os pés na planície.

Saltou de pé com a presteza dum boneco de mola e precipitou-se na direção dos cavalos. Viu-os à distância, Balão e Pretinho, ambos imóveis nos seus lugares. Pouco além estava o carro da polícia sanitária e os matungos de Joaquim e Pedro. Antes de chegar até o Pretinho, ouviu mais um disparo: Pedro também atingira a planície e não desistira da seguição. Desatou o laço que prendia o cavalo a uma estaca, atento apenas ao que fazia, montou nele e penetrou noite adentro a caminho da estrada.

Não estava em segurança, ainda. Pedro montara o seu matungo e seguia-o a não grande distância. Desta vez Miguel resolveu fazer uso da arma: ao alcançar a estrada, voltou o corpo e fez dois disparos rápidos. Mas sua maior preocupação era de acelerar a velocidade do animal. Nenhum cavalo das estradas corria mais do que o Pretinho. Estaria salvo se Pedro não tivesse a sorte de acertar-lhe as costas com um tiro ou as pernas do animal.

A voz de Pedro, diluída pelo vento, chegava até ele:

– Pare, rapaz, pare! É a Lei que manda!

Respondeu à ordem com mais um disparo a esmo.

Quando percebeu que aumentava a distância entre os dois cavalos, Pedro começou a atirar, repetidas vezes. Golpeava os rins do matungo com os sapatos e atirava, procurando acertar.

Com receio de ser atingido, Miguel virou-se e puxou duas vezes o gatilho. Acelerou ainda mais o galope, sussurrando ao animal que corresse a toda a brida. Não podia ser vencido, agora. Ergueu-se no lombo do cavalo para fazer-se mais leve e cerrou os olhos para ter a impressão duma velocidade maior. Retesou os nervos, à espera de novos disparos. Mas não os ouviu. Aguçou os ouvidos e não sentiu o bater dos cascos do matungo de Pedro. Olhou para trás: Pedro já não o perseguia. Teria acertado nele? Não podia ter a certeza.

Alguns minutos depois, Miguel ouviu o silvo duma locomotiva. Não muito distante dali havia uma estação ferroviária, onde passava o trem que ia para a cidade. Olhou para o lado e viu que a montanha já não o acompanhava na sua marcha, como no princípio. Ficara para trás, muito para trás, envolta no silêncio. Não tardou que distinguisse as luzes duma pequena vila. O trem estacionava próximo. Norteando-se pelas luzes, tomou outra estrada, mais ampla e seguiu para a estação. Atravessou uma ruela perdida na vastidão dos campos e foi galopando por uma via paralela à estrada de ferro. A lanterna dum sinaleiro começou a balançar ao longe. Miguel apalpou a carteira de Lucas sobre o tecido ordinário das calças. O contato da carteira deu-lhe uma estranha sensação de segurança e poder.

Ao passar ao lado duma pequena porteira, viu a torre da estação. Chegara, afinal! Fez o cavalo parar e ficou ouvindo os silvos da locomotiva. Desceu do cavalo, bateu-lhe carinhosamente o focinho, e disse-lhe:

– Fique aqui, Pretinho. Não posso levar você comigo.

A despedida foi breve; alisou-lhe insensivelmente os pelos do lombo, olhando preocupado para a torre da estação e depois afastou-se. Seguiu através dum campo escuro que levava a uma pequena praça, onde se achava a estação ferroviária. Ia pensando na história que inventaria para aqueles que dali por diante se interessariam pela sua identidade. Descobriu logo que não era fácil contar histórias falsas; qualquer pergunta lhe traria embaraços que poderiam traí-lo. A possibilidade dum fracasso despertou nele como uma ducha de água na espinha. Sentiu-se abandonado naquela escuridão e por um instante lembrou-se de Lucas e de Romão, de "seu" Mendes e de Plutão, e dos outros todos. Mas esta lembrança veio aumentar-lhe o desamparo.

Ouviu ruídos de cascos de cavalo atrás de si. Estacou, assombrado, pensando em Pedro ou no cadáver de Pedro. Olhou para trás: Pretinho o acompanhava de perto. Estacionou ao lado dele e ficou abanando o rabo.

– Onde você vai, Pretinho? Fique aí.

Deu-lhe uma pancadinha na cabeça e prosseguiu a marcha, agora mais apressada. O trem em breve pararia na estação. Uma vez em viagem sentir-se-ia mais tranquilo. Chegou mesmo a ver-se no vagão, junto dos passageiros. E lembrou-se do que acontecera na igreja e no parque de diversões. Viu os passageiros em tumulto. Sacudiu a cabeça para não ver mais nada. Ouviu novamente o ruído dos cascos. Parecia que alguém o perseguia. Parou. Era outra vez o Pretinho. Culpou-o das suas más lembranças. Matungo desgraçado!

– Não venha atrás de mim, já disse. Fique onde está.

Prosseguiu o caminho na direção da estação ferroviária. A locomotiva, já próxima, emitia silvos estridentes. Acelerou o passo. Voltou, então, a ouvir os cascos do Pretinho. O maldito cavalo não queria deixá-lo em paz. Tinham vivido como bons amigos durante anos, mas agora ele teimava em torturá-lo com aquela perseguição. Desatou a correr, a correr como se fugisse dum fantasma. Pretinho correu também, fragmentando com os cascos o silêncio gelado da noite. Aquele matungo miserável ia identificá-lo facilmente. Como livrar-se dele? Voltou-se, já com o revólver em punho, e apertou duas vezes consecutivas o gatilho. O cavalo dobrou-se sobre suas longas pernas e docemente estendeu-se no chão, com dois rombos escarlates na cabeça.

– Foi preciso! – gritou Miguel, nervosamente. E atirando o revólver longe, continuou a correr para a estação, sem olhar para trás.

São Paulo – Rio – São Paulo

BIOGRAFIA

Marcos Rey, pseudônimo de Edmundo Donato, nasceu em São Paulo, 1925, cidade que sempre foi o cenário de seus contos e romances. Estreou em 1953 com a novela *Um gato no triângulo*. Apenas sete anos depois publicaria o romance *Café na cama*, um dos best-sellers dos anos 1960. Seguiram-se *Entre sem bater*, *O enterro da cafetina*, *Memórias de um gigolô*, *Ópera de sabão*, *A arca dos marechais*, *O último mamífero do Martinelli* e outros. Teve inúmeros romances adaptados para o cinema e traduzidos para diversos idiomas. *Memórias de um gigolô* fez sucesso em vários países, notadamente na Alemanha, e foi também filme e minissérie da TV Globo. Marcos Rey venceu duas vezes o prêmio Jabuti; em 1995, recebeu o Troféu Juca Pato, como o Intelectual do Ano; e ocupou, desde 1986, a cadeira 17 da Academia Paulista de Letras.

Depois de trabalhar muitos anos na TV, onde escreveu novelas para a Excelsior, Globo, Tupi e Record, e de redigir 32 roteiros cinemato-gráficos – experiência relatada em seu livro *O roteirista profissional* –, a partir de 1980 passou a se dedicar também à literatura juvenil. Desde então, como poucos escritores neste país, viveu exclusivamente das letras. Assinou crônicas na revista Veja São Paulo durante oito anos, parte delas reunidas no livro *O coração roubado*.

Marcos Rey escreveu a peça *A próxima vítima*, encenada em 1967 pela Companhia de Maria Della Costa, além de Os parceiros (Faça uma cara inteligente e depois pode voltar ao normal) e *A noite mais quente do ano*, entre outras. Suas últimas publicações foram *O caso do filho do encadernador*, autobiografia destinada à juventude, e *Fantoches!*, romance.

Marcos Rey faleceu em São Paulo em abril de 1999.

Conheça alguns livros de Marcos Rey pela Global Editora

Café na cama

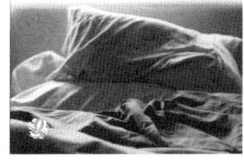

Café na cama é um dos primeiros livros da saga de malandragem e de vidas tortas construída por Marcos Rey ao longo de mais de quarenta anos de intensa atividade literária. Publicado em 1960, o romance encontrou imediata repercussão popular, figurando por várias semanas na lista de *best-sellers*. Nele, estão presentes todas as características literárias que consagraram o autor: a ironia contundente, que se confunde muitas vezes com o puro sarcasmo, a visão de aspectos menos nobres da vida humana, a violência do cotidiano, abordados com uma dureza e impiedade que o escritor, mais tarde, classificaria de "realismo cru".

Como boa parte de sua obra, *Café na cama* se desenrola numa São Paulo desconhecida pela maioria de seus moradores, uma cidade noturna e misteriosa, povoada por boêmios, gozadores, garotas de programa. É nesse ambiente de sedução e perversidade que mergulha de ponta-cabeça uma jovem e bela ex-manicure e ex-balconista suburbana, cujo grande sonho é poder algum dia tomar café, de bandeja, servido na cama. Com a volúpia de ascensão social e de independência financeira, ela se prostitui e passa a conviver com gente da "alta sociedade" paulistana, frequentadores da boemia da década de 1950, grã-finos decadentes, empresários inescrupulosos, malandros e arrivistas profissionais, para logo perceber o vazio, a falta de sentido e a decadência dessas vidas, o que não a impede de aceitar as duras regras do jogo e prosseguir na busca de seu sonho, que o autor apresenta com o seu habitual humor e impiedade.

Café na cama é romance para ser lido a qualquer hora do dia ou da noite, de preferência na cama, com o café servido de bandeja.

Memórias de um gigolô

Memórias de um gigolô assinala um momento de renovação da ficção de Marcos Rey. O espírito é o mesmo dos livros anteriores e de toda a sua obra, a velha picardia, a saborosa malícia, o permanente mergulho no mundo dos desclassificados sociais, o sarcasmo mal disfarçado contra a hipocrisia social. A novidade é que com esses elementos, permanentes em sua obra, o autor construiu um romance que, com alguma ousadia, poderíamos chamar de romance de tese. Ou, talvez, uma antítese, se ponderarmos a sua origem. Afinal, defender teses, ou escrevê-las, é coisa de doutor, e o livro é um depoimento em primeira pessoa de um explorador de mulheres, um cafetão, um cafifa, um gigolô, ou outro termo qualquer com que se classifica o representante dessa profissão amaldiçoada pela sociedade, embora vista com inveja por muita gente boa. Evidente que essa colocação nos descerra uma visão dura, mas por vezes agridoce da sociedade. E ao mesmo tempo, ela humaniza o personagem, matreiro, aprendendo com sua própria experiência a se afirmar no submundo e que, ao ponderar sobre sua trajetória de vida, conclui que não fora um fracasso total e, dependendo do ângulo de visão, podemos acrescentar, talvez seja até um triunfador, se o encararmos como um simples profissional, convenções sociais à parte. Afinal, como observa Marcos Rey, "há profissões mais pecaminosas que a de gigolô, embora mais cercadas de respeitabilidade. Não convém enumerá-las aqui. O marginal é sempre o menos responsável pela sua marginalidade, e simpatizar-se com ele é uma forma, tímida embora, de reprovação ao organismo social que o criou."

Malditos paulistas

Malditos paulistas, como grande parte da obra de Marcos Rey, se desenrola em São Paulo, cidade que ele amava e da qual conhecia até os alçapões e buracos dos ratos. Sobretudo, dos ratos humanos, aqueles que fazem da malandragem e da esperteza – no sentido brasileiro e malicioso da palavra – um meio de sobrevivência e, por vezes, de enriquecimento.

A diferença do romance em relação aos demais é que o herói deste livro (se é que existem heróis na obra de Marcos Rey) é um carioca perdido na Pauliceia, onde fora tentar a vida depois de inúmeros fracassos. É ele quem narra suas aventuras, venturas e desventuras paulistanas.

Com seu habitual cinismo e humor corrosivo, Marcos Rey mistura em doses precisas o picaresco e o policial para embalar o leitor numa história repleta de peripécias e de suspense, mas que não deixa de ser também um romance de costumes, um corte transversal nos diversos segmentos sociais da capital paulista.

Empregado como motorista na casa do milionário Paleardi, Raul, o Carioca, descobre na garagem da casa do patrão um boneco parecido com a Carmen Miranda que, sabe-se lá por qual razão, aguça seu senso de Sherlock. A partir desse fato prosaico, a ação se acelera: o narrador se torna amante da patroa, para logo ser desprezado, é acusado de furto de joias, conhece a prisão, retorna ao emprego, conhece um novo amor, é expulso novamente da mansão, descobre a joia que fora acusado de roubar, recupera o bom nome e desvenda o mistério da fortuna do patrão.

Como em toda a sua obra, Marcos Rey expõe aqui a sua desilusão, mas também a sua tolerância, com o ser humano, egoísta e interesseiro, acionado pelos mecanismos do sexo e da ambição, num mundo dissoluto e maldito. Malditos humanos!

Impressão e Acabamento
Bartira
G r á f i c a
(011) 4393-2911